UNE MONTAGNE
DE CHOCOLAT POUR LOU

CALI KEYS

UNE MONTAGNE DE CHOCOLAT POUR LOU

ROMAN

ÉDITIONS PRISMA

ISBN : 978-2-8104-3897-6

À toutes les gourmandes et à tous les gourmands
(et à l'inventeur du Womanizer)

Chapitre 1

La montagne, ça vous gagne (ou pas)

Pourquoi ai-je accepté ça ?

Après sept heures de trajet à me poser la question, je n'ai toujours pas trouvé la réponse.

J'ai dû prendre un TGV de Paris à Lausanne, un train pour Sierre et deux cars postaux pour me retrouver dans ce petit patelin de montagne en Suisse. Il ne manquerait plus que j'en fasse tout un fromage. Ce que je suis en train de faire d'ailleurs.

Les virages m'ont donné la nausée et je dois me tenir à la rambarde de l'autobus pour descendre les quelques marches qui me permettront de poser les pieds sur le plancher des vaches.

Mon Dieu, Lou, arrête avec les allusions suisses !

– Bienvenue à Grimentz, lance joyeusement le chauffeur de car avec un accent à couper au couteau (suisse).

Haha, mon humour me perdra.

Vous l'aurez deviné, je ne suis pas d'excellente humeur et mon moral ne risque pas de s'améliorer avec toute cette neige et ce verglas que je fixe avec crainte autour de moi. À peine ai-je posé le pied par terre que je sens mes jambes partir dans deux directions opposées. Eh, mais ce n'était pas prévu ça ! Je me rattrape de justesse au conducteur de car sorti pour ouvrir la soute à bagages et décharger les valises des passagers. Je balbutie des remerciements et me remets d'aplomb, les joues rosies par la gêne et par ma maladresse. L'aventure commence plutôt mal.

– J'ai besoin de faire pipi !

Ça, c'est Gustave qui descend à son tour le petit escalier et qui observe avec une joie non dissimulée le paysage. Je n'avais pas prévu que le voyage avec un nonagénaire serait si divertissant et que la proximité des toilettes serait la préoccupation ultime durant toute sa durée. Au moins, il avait prévu de quoi nous distraire avec son jeu de zombies, même si ses hurlements, qui ont eu le malheur de me faire sursauter plusieurs fois, ont également perturbé les autres voyageurs.

– Comme c'est joli, on se croirait en plein conte de Noël.

Et voilà Lisbeth, sa copine. Quand Manon m'avait annoncé ma mission dans les massifs helvétiques, je ne pensais pas être accompagnée par deux (vieux) lutins du Père Noël. Les deux compères n'auraient jamais manqué l'occasion de voyager et de troquer la grisaille de Paris contre la neige et la montagne. Leur goût pour l'aventure demeure bien présent, malgré leur grand âge.

Le nez en l'air et le sourire jusqu'aux oreilles, Gustave manque de rater la dernière marche et me tombe presque dans les bras.

– Attention, Gustave, ou vous risqueriez de vous casser le col du fémur ! Ce serait dommage d'appeler un hélicoptère pour vous redescendre dans la vallée.

– Un hélicoptère ? Je n'en ai jamais fait, mais j'adorerais !

Ses yeux brillent comme ceux d'un enfant à qui l'on a promis un cadeau et mon cœur fond un peu plus. Les deux voisins nonagénaires de ma copine Célia sont de vrais phénomènes et je les adore. Leurs sourires adoucissent mon humeur. Je sors mon téléphone pour activer Google Maps et trouver le chalet où nous allons loger. Je lève la tête pour tenter de me repérer, humant l'air glacial, mais pur de ce début du mois de décembre, saisis l'anse de ma valise à roulettes et annonce à mes compagnons :

– Suivez-moi, c'est parti !

D'un pas prudent, nous nous dirigeons vers le centre du village, tout en prenant garde à ne pas glisser sur les routes. Après avoir franchi un ruisseau, un pont, et s'être extasiés (surtout les deux foufous) devant les nombreuses fontaines qui décorent Grimentz, nous gagnons enfin l'habitation située à la rue du Village. Les chalets en bois se succèdent dans cette ruelle au cœur du centre touristique de Grimentz, ils sont magnifiques avec leurs toits enneigés, leurs petites fenêtres et leur couleur, d'un noir profond.

La lumière décline rapidement en cette fin d'après-midi et après avoir franchi le seuil, nous choisissons nos chambres et commençons à nous installer. Notre séjour d'un mois promet d'être épique. Contrairement à ce que vous pourriez croire, je ne suis pas là pour profiter des vacances, faire du ski et me gaver de fondue ou de croûtes au fromage, ce qui semble être les spécialités du coin.

Une mission bien particulière m'attend.

Quand Manon m'en avait fait part, j'avais freiné des quatre fers. Moi, une pure citadine, à la montagne ? Je risquais de mourir plus vite qu'un fennec immigré au pôle Nord ! De toute évidence, elle m'avait prise pour la Mère Noël et maintenant on me demandait de réaliser un vrai miracle.

– Je suis certaine que tu en es capable, avait-elle martelé pour me motiver alors que nous étions dans la cuisine de sa pâtisserie *Les Cupcakes de Manon*, à Montmartre.

– Trrrrr… avait été le seul argument que j'avais avancé pour me défendre.

Heureusement que je ne suis pas avocate, j'aurais fait un carnage avec mes clients.

– Loïc compte sur nous ! Ce n'est qu'un petit mois, tu verras, ça passera tellement vite. Tu n'auras même pas le temps de dire « cookies » que tu seras déjà rentrée à Paris !

Moi, je ne connaissais pas Loïc et je m'en portais très bien. J'avais envie de mettre ma tête dans le bol rempli de farine qui se trouvait devant moi et de respirer à fond. À la place, j'avais gémi :

– Je ne suis pas capable de faire ça !

– Je t'ai appris tout ce que je sais, et tu maîtrises les recettes des cupcakes, des mousses, des crèmes et de tous les gâteaux qu'on prépare ici.

– Trrrr…

Décidément, j'étais fichue d'avance, et elle avait pris ce borborygme pour un « oui ». Pourtant, il y a une sacrée différence de son entre « trrrr » et « oui ».

Voilà donc que je me retrouve à la montagne, tout ça parce que je suis incapable de m'affirmer et de prononcer un « non » qui ne sonne pas comme un bruit de tracteur. Ce que Manon m'a demandé de faire ? Aider son ami Loïc avec qui elle avait étudié en CAP à développer une offre de cupcakes et de gâteaux pour les fêtes de fin d'année.

Loïc avait ouvert sa boulangerie cinq ans auparavant et s'était rapidement fait un nom dans le village grâce à son excellent pain et à ses viennoiseries. Mais, sa gamme de pâtisseries restait plutôt limitée et, à l'approche de Noël, il avait besoin d'un coup de main pour développer son offre. En effet, dans le métier, la période des fêtes de fin d'année compte dans le chiffre d'affaires de l'entreprise et demeure un moment très propice à la vente. En tout cas, c'est ce qu'elle m'avait dit à ce moment-là.

Moi, je suis la bonne poire que l'on sacrifie sur l'autel des cupcakes. Sans compter que je serai coincée avec cet homme pendant quatre semaines. Ça promet (surtout avec mes qualités pédagogiques qui frôlent le zéro, un peu comme la température qu'il fait ici). Je ne peux pas non plus omettre les difficultés que j'avais rencontrées au début de ma formation chez Manon, entre les cupcakes pas assez cuits et les gâteaux brûlés. Je me reconnais volontiers comme étant une catastrophe ambulante… En réalité, j'ai une trouille bleue de ne pas être à la hauteur de la tâche.

Le petit chalet que Loïc nous met à disposition est chaleureux avec son poêle à bois, son grand canapé garni de coussins et ses rideaux aux motifs de vache ou de cerf. Des odeurs de feu refroidi se mêlent aux senteurs de lavande et de citron des produits utilisés pour le ménage.

Il est composé de trois chambres et d'un salon, d'une petite cuisine fonctionnelle et d'une grande table à manger, sur laquelle trône un panier rempli de fromages, de viande séchée, de pain de la boulangerie et d'une bouteille de vin.

– Du fromaaaage suisse ! s'extasie Gustave comme s'il n'en avait jamais vu auparavant.

Il le saisit à pleines mains et le porte à son nez pour mieux en renifler les effluves, mais son expression change rapidement et il fait une moue déçue.

– Flûte, je ne sens rien.

Lisbeth lui jette un regard compatissant avant de préciser :

– Il a un rhume.

– Au moins, il y a toujours le vin pour être ivre et oublier la goutte au nez.

Ma remarque semble ravir Gustave qui sourit à nouveau et s'empresse de fouiller les tiroirs à la recherche d'un tire-bouchon.

– Qu'importe le flacon pourvu qu'on ait l'ivresse, ajoute Lisbeth en souriant.

Nous prenons place à table et nous délectons des victuailles avec un bon verre de vin. Je frissonne et me couvre d'un plaid trouvé sur le canapé. Entre la fatigue du voyage et la pression que je me mets toute seule comme une grande, je suis épuisée. Et complètement stressée à l'idée de rencontrer Loïc le lendemain. La perspective de travailler avec un homme que je ne connais pas, et avec un homme tout court en fait, m'angoisse. Malgré tout, je me rassure en me rappelant que c'est un ami de Manon et qu'il a l'air prévenant, comme en témoigne le panier garni qui nous sert de repas.

Je prends congé de mes colocataires et me retranche dans ma chambre meublée d'un grand lit, d'une table de nuit taillée dans un tronc d'arbre et d'une petite armoire. Je déballe mes affaires, range mes pulls, mes collants et mes robes (hors de question de m'habiller comme un yeti même ici) dans les armoires puis déballe précautionneusement ma cargaison spéciale pour la cacher dans la table de nuit.

Célia et Chloé, mes deux meilleures amies, m'avaient aidée à boucler ma valise et n'avaient pas manqué de dresser un inventaire de ma collection de sex-toys. Elles me connaissent par cœur et savent donc qu'être vierge à trente-cinq ans ne m'empêche pas d'explorer ma sexualité en solitaire et de découvrir mon corps sous toutes ses facettes.

Même si je n'ai aucun tabou et aucune crainte d'être jugée quand je suis avec elles, ce sujet devient de plus en plus lourd à porter pour moi. Plus j'avance en âge, plus je suis complexée par ma virginité. Être vierge, passé un certain âge, c'est encore pire que de ne pas avoir le permis de conduire. Tout le monde suppose que tu as déjà fait l'amour et que tu as acquis une certaine forme d'expérience.

À vingt ans, ce n'était pas si dérangeant. Puis, j'ai fêté mes vingt-cinq ans, mes trente ans et maintenant mes trente-cinq ans… et je suis toujours vierge. Cela n'a rien d'une démarche religieuse, il s'agit d'un concours de circonstances, je n'ai jamais rencontré l'homme qui comptait suffisamment à mes yeux pour franchir le pas.

La société dans laquelle nous vivons et évoluons au quotidien ne m'aide pas non plus à me sentir acceptée. Avoir des relations sexuelles semble être une gageure pour être heureuse, pour être normale. J'ai le sentiment qu'on parle de sexe partout, tout le temps. Et moi, je me sens perdue au milieu de tout ça, j'ai peur, une somme de peurs aussi élevée qu'une montagne. Je crains de ne pas être à la hauteur, de ne pas savoir comment m'y prendre pour toucher un homme, je crains d'être jugée, j'ai peur d'être caressée, regardée. J'ai peur d'être vulnérable et de perdre le contrôle. Plus j'attends, plus la peur s'accentue jusqu'à en devenir insurmontable.

Épuisée par le voyage, je finis par me mettre au lit et m'endormir dans un sommeil agité.

Demain, je vais rencontrer Loïc.

⋆

Des bruits en provenance du couloir me réveillent au petit matin, j'entends des murmures, des rires contenus. Je rêve, les petits vieux sont en train de pouffer ! Je m'extrais avec peine des couvertures chaudes, grelotte (*il fait vraiment froid dans ce pays !*) et me dirige vers ma porte. Quand je l'ouvre, mes yeux scannent le décor et je découvre un spectacle des plus curieux.

– Mais qu'est-ce que vous faites, enfin ?

Lisbeth a du mal à contenir son fou rire et pointe du doigt une forme qui se dandine à quelques mètres d'elle. Longiligne, elle se balance de gauche à droite sans que l'on puisse distinguer ou reconnaître un contour humain et mon cerveau tente de comprendre où se trouvent les bras et la tête. Sans succès. Il me faut quelques secondes pour réaliser que Gustave est coincé dans un pull et qu'il se tortille dans tous les sens comme un ver de terre. Je jette un coup d'œil interrogatif à sa copine, qui ne manque pas de m'éclairer :

– Tout a commencé quand il m'a dit qu'il voulait aller faire du ski…

Elle essuie une larme qui perle au coin de son œil et repart de plus belle en hoquetant :

– Il a… il a… enfilé sa tête dans sa manche au lieu de…

Elle est maintenant pliée en quatre tandis que Gustave, à moitié aveugle, fonce dans le mur en riant.

– Ouille !

– Et vous comptez attendre là et le regarder ? je lui pose la question tout en esquissant un sourire.

Elle rit tellement qu'elle est incapable de bouger. Je me dévoue et parle fort pour que Gustave puisse m'entendre :

– Arrêtez de bouger, je viens vous secourir !

– Je suis un gangsteeer ! hurle Gustave.

Maintenant, il mime un revolver avec ses doigts et je distingue vaguement les contours de son visage derrière les mailles du vêtement, qu'il prend de toute évidence pour une cagoule.

– Si vous voulez, oui ! Il fallait me préciser que vous comptiez braquer une banque au lieu d'aller goûter aux joies de la neige. Mais là, Gustave, vous visez un bougeoir.

Après une longue bataille, je parviens à dégager l'homme qui, enfin libéré, aspire une grande bouffée d'air, les cheveux tout ébouriffés. Lisbeth s'est enfin reprise, elle s'approche de lui, l'embrasse et le couve d'un regard amoureux qui me touche en plein cœur. Si c'est ça l'amour, attirer ce genre de regard, rire autant qu'ils le font, jouer au gangster à quatre-vingt-dix ans et s'en amuser comme des gamins, je souhaite de tout mon cœur le vivre un jour. Après ce moment d'attendrissement, je suis pratiquement certaine d'avoir entendu Lisbeth murmurer « excellente idée ce braquage, mon cœur » à son amoureux avant d'aller me préparer pour mon rendez-vous.

Ils vont finir par avoir ma peau !

Avant de m'en aller, je les regarde comme une mère regarderait ses deux enfants, plisse les yeux pour me donner un air menaçant et leur intime le plus sévèrement possible :

– Et ne faites pas de bêtises ! En rentrant, je veux vous retrouver entiers… et le chalet aussi !

Vêtue d'une robe en laine et de collants, coiffée d'un chignon tendu sur le haut de mon crâne sans mèches qui s'en échappent et maquillée de manière sophistiquée, j'ai enfilé mon armure comme un chevalier avant un combat. Suis-je prête à faire face ? Pas vraiment, mais je tente de m'en convaincre. Ce mot ne pourrait pas être mieux choisi… Vaincre quoi d'ailleurs ? Si j'arrêtais de concevoir la vie, les hommes, ma timidité maladive, les nouvelles expériences, ma rigidité comme autant de batailles, je me porterais certainement mieux.

Le froid me pousse à enfouir mon nez dans mon écharpe et je sens tout mon corps se contracter tandis que je commence à marcher dans la rue. Autour de moi, les décorations de Noël fleurissent sur les chalets : guirlandes lumineuses, boules colorées et étoiles confèrent une atmosphère chaleureuse au lieu. Des employés de la commune installent un grand sapin près de l'église en préparation des fêtes, et toutes ces décorations donnant à Grimentz l'image d'un vrai village du Père Noël. Les quelques flocons de neige qui volettent autour de moi ne font que renforcer ce côté magique. Célia adorerait ça, elle qui est une fan inconditionnelle des fêtes de fin d'année !

De mon côté, je suis plus mitigée. Ma famille n'est pas une adepte des célébrations et les multiples conflits qui nous ont secoués depuis mon enfance ne rendent pas cette période de l'année propice aux réunions. Si je n'avais pas rencontré Chloé et Célia, tous mes Noëls auraient réveillé la nostalgie et la solitude qui sommeillent en moi. Je me demande bien comment je vais supporter cette soirée festive sans mes amies, coincée en Suisse…

Mes pas m'ont finalement menée à la boulangerie qui se trouve légèrement en contrebas du centre et je lève les yeux sur l'enseigne. Je parviens à lire « *Chez Loïc* », malgré la neige tourbillonnante qui brouille ma vision, puis observe la vitrine pour la détailler : de multiples pains complets et aux céréales, des viennoiseries brillantes, des flûtes craquantes, des petits paquets de biscuits secs et des sandwichs garnis généreusement. Tout a l'air délicieux !

Comme Manon me l'avait annoncé, il n'y a pas de gâteaux, de douceurs à la crème ou de brownies. Je réalise à cet instant-là que ma mission est donc maintenue et que je ne vais pas pouvoir rentrer à Paris de sitôt. Son ami n'a pas subitement décidé de préparer une gamme de pâtisseries tout seul ! Flûte !

L'intérieur a l'air plutôt simple, quelques tables permettent d'accueillir des clients pour déguster les préparations du boulanger et de siroter un café ou un chocolat chaud. Un panneau à l'extérieur annonce une formule petit déjeuner avec des tartines et des croissants pour quinze francs suisses.

Je réalise que je suis plantée là depuis dix minutes et que je n'ose pas bouger, je suis paralysée, frigorifiée, je n'ai pas envie d'entrer. Si je pénètre dans le magasin, je vais devoir me confronter à cette mission, je serais responsable, je devrais répondre aux attentes des autres, de Manon, de Loïc. Être à la hauteur. Réussir. Me montrer performante.

L'angoisse me saisit de plus belle. Mon cœur se serre, ma poitrine se comprime, ma respiration s'accélère. La peur de l'inconnu, de m'exprimer, de sortir de ma coquille... J'ai parfois le sentiment que la vie est trop difficile pour moi et que je viens d'une autre planète.

Inspire, expire Lou. Encore. Pfffff. Pfff. Pfff.

Je prends sur moi pour trouver le courage d'entrer. Même si j'ai travaillé comme réceptionniste d'hôtel durant plusieurs années, je reste une introvertie qui peine à sortir de sa zone de confort, à prendre les devants. Moi, je ne prends rien.

J'attends.

Et je m'en veux.

J'ouvre la porte, une vague de chaleur m'envahit et l'odeur du pain chaud me rassure tandis que j'avance vers le comptoir en train de répéter un pathétique « bonjour » dans ma tête. Typiquement moi, ça.

– B'jour.

Ah ben, j'y étais presque. J'ai du mal à reconnaître le filet de voix qui vient de s'échapper de mes lèvres. La jeune fille qui se tient derrière la caisse lève la tête et m'accueille d'un ton jovial.

– Bonjour, vous êtes Lou ? Je vous attendais avec impatience ! Moi, c'est Thalia, enchantée.

J'aimerais bien lui répondre que je suis enchantée également, mais à la place je ressens un coup de pression et vacille sur mes jambes.

– Lou ? Lou, vous allez bien ?

Sa voix inquiète parvient difficilement jusqu'à mon cerveau embrumé et je rouvre les yeux avant de la fixer de manière insistante sans parvenir à lui répondre. Elle passe derrière le présentoir pour venir vers moi et me pousse gentiment vers une chaise pour que je m'asseye et reprenne mes esprits. Dans sa main, elle tient une petite pâte de fruits de couleur orange qu'elle me tend.

– Vous êtes peut-être en hypoglycémie, tenez c'est du sucre et de l'abricot, ça vous fera du bien.

J'engloutis la petite douceur en bafouillant un remerciement, me concentre sur le sucre que je fais rouler sur ma langue tandis que la pâte fond lentement dans ma bouche.

Thalia m'observe d'un air inquiet et j'ai envie de disparaître dans un trou, de repartir chez moi, de ne plus ressentir ces milliers de sensations qui me transpercent. « Tout ce qui érafle les autres me déchire », disait Flaubert. Comme j'aimerais parfois être capable de maîtriser mes marées intérieures, ces vagues qui me frappent de plein fouet avec la violence d'une explosion et qui me submergent jusqu'à l'impuissance et la paralysie.

– Vous vous sentez mieux ?

J'ai envie de répondre non, mais je réalise que je suis face à une quasi-inconnue, inconnue qui ne le restera pas longtemps puisque nous allons devenir collègues durant tout un mois.

Comme je viens déjà de faire une première impression pitoyable, je ne compte pas aggraver mon cas et me concentre pour formuler une suite de mots intelligibles :

– Un peu, merci pour la pâte de fruits, elle était délicieuse.

– Loïc est doué même si…

Elle ne prononce pas la suite, réalisant qu'elle risquerait de commettre une gaffe et se mord la lèvre avant de me demander :

– Vous êtes bien Lou, c'est juste ? Et vous êtes envoyée par Manon pour donner un coup de main à Loïc ?

Je hoche la tête de bas en haut, geste qui la rassure puisqu'elle a l'air soulagé.

– Magnifique ! Suivez-moi, Loïc est derrière dans le labo, je vais vous le présenter.

C'est gentil, mais non, merci, je préfère vous piquer un paquet de pâtes de fruits à l'abricot, rentrer et mettre la tête sous mon coussin pour les dévorer tranquillement.

Évidemment, je n'ai pas dit ça. Elle se lève et je l'imite en tentant de maîtriser le tremblement dans mes jambes et les battements de mon cœur. Nous nous dirigeons vers l'arrière de la boulangerie et je remarque que l'intérieur du tea-room est plus chaleureux qu'à première vue. La pièce est en bois clair, quelques poutres plus foncées apportent du cachet à l'ensemble et, tout au fond, un espace cosy avec un canapé et deux fauteuils qui donnent envie de s'y asseoir a été aménagé. Accrochés au mur, on trouve d'antiques raquettes, des accessoires de montagne comme des piolets, des cordes, des chaussures et des patins à glace, ou encore des paires de skis d'époque. L'ambiance est agréable, le lieu soigné et la décoration a été réfléchie pour garder les visiteurs immergés dans cette atmosphère de montagne. Sur chaque table, on trouve un petit pot de fleurs roses, des serviettes qui vantent le prix gagné par le boulanger « Meilleur pain de seigle Swiss Trophy » et un sucrier bien garni. L'endroit respire la qualité, l'attention aux détails, l'amour de proposer de bons produits, je suis sous le charme. Enfin ça, c'était avant.

Nous sommes sur le point d'arriver au laboratoire quand nous entendons un grand fracas suivi de jurons.

Mon Dieu, on dirait les grognements d'un ours. Apeurée, je pile et observe Thalia qui semble, elle, trouver la situation parfaitement normale. Dans quel enfer viens-je de me fourrer ?

Chapitre 2

L'ours est un animal solitaire

Une fournée entière de croissants jonche le sol, des bols ont été renversés par le plateau et un homme couvert de farine et de jaunes d'œufs gesticule en nettoyant les dégâts avec des gestes brusques. Thalia, qui a l'air de plus en plus mal à l'aise, se racle la gorge pour attirer son attention, mais le bonhomme ne semble pas avoir entendu. Elle recommence un peu plus fort. C'est alors qu'il tourne la tête et se redresse avant de nous fixer, et que mon cœur se serre dans ma poitrine. Loïc est intimidant. Grand, les cheveux blonds ébouriffés, une barbe un peu trop fournie, des yeux foncés qui lui donnent un air sérieux et déterminé, son charisme me donne l'impression qu'il occupe tout l'espace du laboratoire.

Il se remet à sa tâche sans nous accorder davantage d'attention et je trouve la situation de plus en plus bizarre.

– Loïc ?

Il s'affaire toujours à faire de l'ordre et à ramasser les croissants. D'un ton las plus qu'agressif, il articule d'une voix grave :

– Pas maintenant Thalia.

Elle maintient sa position et reste immobile jusqu'au moment où il relève enfin les yeux sur nous, avec l'air de celui qui ne comprend pas ce que fait sa collaboratrice avec une inconnue dans son antre alors qu'il a clairement annoncé qu'il n'était pas disponible. Les secondes de silence qui s'ensuivent me semblent interminables, mais je n'ose pas bouger, prononcer un mot ou me présenter. Heureusement, Thalia prend les devants :

– Voici Lou.

Je m'avance, plaque un sourire sur mon visage, prête à faire sa connaissance et à lui donner le coup de main promis, mais l'homme prend un air effaré, un air qui se transforme petit à petit en grimace de colère.

– C'est pas vrai, je n'arrive pas à y croire. Elle l'a fait quand même ?

Je ne comprends rien. Loïc pousse un profond soupir, essuie ses mains sur son tablier, la tête baissée. On dirait qu'il lutte intérieurement contre lui, contre ses démons, contre je ne sais pas vraiment quoi, mais je sens qu'il bouillonne de l'intérieur.

Je sais que Thalia le perçoit également, ce trouble intérieur, cette rage contenue, et elle préfère s'éclipser pour nous laisser seuls tous les deux.

– Bon, je vous laisse faire connaissance, je crois avoir entendu la cloche de l'entrée.

La cloche de l'entrée n'a pas tinté. J'aimerais la suivre, mais je ne bouge pas, le regard toujours posé sur l'homme qui serre dorénavant les dents. Pour calmer le jeu et cette tension qui commence à me mettre vraiment mal à l'aise, je prends un ton enjoué, enfin j'essaie, et suggère :

– On pourrait peut-être prendre le temps de discuter de la gamme de pâtisseries que vous souhaitez proposer en fonction de votre clientèle…

Il inspire, passe une main sur son visage comme pour se réveiller d'un cauchemar et me coupe :

– Écoutez, Line…

– Lou.

Il lève un sourcil comme s'il était étonné que je réagisse.

– Je ne sais pas ce que vous a dit Manon, mais je m'en sors très bien tout seul, je n'ai pas besoin de votre aide et je n'ai aucune envie de proposer des cupcakes à mes clients. Vraiment. Je suis désolé pour le dérangement, mais vous pouvez rentrer chez vous.

– Pardon ?

– Vous m'avez bien compris.

J'avais élaboré mille hypothèses sur cette rencontre et sur cette collaboration, mais je ne m'attendais pas du tout à cette éventualité. Il me jette un dernier regard noir l'air de dire « je me demande ce que tu fais encore ici » puis se détourne de moi pour continuer à nettoyer le plan de travail.

Sidérée, je l'observe quelques secondes, ne sachant pas quoi faire. Ce qui devient limpide, c'est que je ne vais pas préparer de cupcakes ce matin. L'indifférence de Loïc, son accueil plus que glacial, sa manière d'agir comme si je n'étais pas dans la pièce me ramènent à la douloureuse sensation que je suis invisible, que je n'existe pas, que malgré mes efforts personne n'a besoin de moi.

Je tourne alors les talons et sors du laboratoire en trombe, des larmes brûlantes me piquent les yeux, ma gorge se serre, j'étouffe, marche encore plus vite, passe devant Thalia qui est en train de servir un client et pousse la porte d'un coup pour regagner l'extérieur. Une fois dehors, j'accélère encore, la morsure du froid ne m'atteint même pas tant la rage, la colère, l'incompréhension, l'humiliation tempêtent dans ma tête.

Je ne comprends rien.

J'ai à peine parcouru dix mètres que j'entends des pas derrière moi et Thalia qui hurle :

– Lou ! Attendez ! S'il vous plaît, ne partez pas.

Elle me rattrape, essoufflée, et me dévisage d'un air implorant tout en me confiant :

– Il va mal, il va très mal et je ne sais plus quoi faire pour l'aider. J'ai besoin de vous.

À quelques mètres de nous, des clients pénètrent en nombre dans la boulangerie et Thalia semble paniquer. Je sais qu'elle doit y retourner au plus vite pour s'occuper d'eux. Je n'ai toujours pas prononcé un mot, en réalité, je ne sais pas quoi dire.

Dans une dernière tentative désespérée, elle me supplie :

– Retrouvez-moi ce soir après la fermeture de la boulangerie et je vous fournirai les éclaircissements nécessaires. Venez, je vous en prie.

Elle repart en courant pour rejoindre la boulangerie avant que je n'aie eu le temps de répondre. Qu'est-ce que c'est que ce traquenard ? Ce qui est certain, c'est que je dois appeler Manon pour avoir des explications au plus vite.

Une fois au chalet, je tente de calmer les battements de mon cœur tout en me repassant le film des événements, mais les nombreuses questions qui s'entrechoquent dans mon cerveau ne m'aident pas à éclaircir les zones d'ombre. Je retire ma veste, me planque dans ma chambre afin de ne pas effrayer les petits vieux avec mes éventuels cris et compose frénétiquement le numéro de Manon. Sous l'effet du stress, mes doigts refusent de m'obéir et je dois m'y reprendre plusieurs fois pour effectuer la manœuvre. J'ai besoin d'avoir des explications sur ce qui se trame ici.

Au bout du fil, la sonnerie retentit, mais personne ne décroche. Je réitère cinq fois. Toujours le même résultat. Je me contente donc de lui laisser un message.

– Manon ! Rappelle-moi, c'est urgent. C'est quoi ce plan ? Je suis arrivée de Paris hier pour aider Loïc, mais, de toute évidence, ce Loïc ne veut pas de moi ici !

Après tout, pourquoi ferais-je des efforts ? Pourquoi rester pour attendre les explications de Thalia ? Loïc semble avoir des tonnes de problèmes à régler, mais cela ne me regarde pas, n'est-ce pas ? De plus en plus énervée, je sors ma valise défaite la veille et empile mes affaires avec la ferme intention de ne pas rester une seconde de plus dans ce patelin perdu.

Quelques minutes plus tard, des mèches de mon chignon dépassent dans tous les sens, je souffle comme un bœuf et sors de ma chambre en traînant mon lourd bagage derrière moi. Dans le salon, je tombe sur Gustave et Lisbeth, apparemment en pleine comparaison de collants thermiques et de gants. Je ne sais pas si je me remettrai un jour de la vision de Gustave en caleçon. J'évite de les regarder, fixe le mur et annonce d'une voix ferme :

– On repart !

Les protestations ne tardent pas à s'élever et je vois vaguement Gustave gesticuler pour affirmer :

– Ah non, on ne peut pas repartir, on vient de réserver des cours de ski pour Lisbeth.

– Des cours de ski ? Vous n'avez pas peur de mourir ?

– Si on a peur tout le temps, on ne fait plus rien. N'est-ce pas ma bichette ?

En guise d'acquiescement, Lisbeth s'extasie tout en caressant ses jambes gainées dans son legging fourré.

– J'ai l'impression de porter un nuage ! Mais un nuage chaud et doux.

– Super, on a trouvé les collants !

La scène est surréaliste. Les deux compères percutent tout à coup que quelque chose ne va pas et que la mission cupcake a pris l'eau.

– Qu'est-ce qui s'est passé, Lou ? Vous avez l'air d'avoir lutté contre…

– Pitié ne dites pas…

– Une armée de zombies, lance-t-on tous les trois en même temps, ce qui fait éclater de rire les amoureux.

Je m'affale dans un fauteuil pour leur conter mes mésaventures, ce qui prend à peine quelques secondes étant donné la courte durée de ma rencontre avec Loïc. Lisbeth fronce les sourcils et Gustave a l'air pensif en écoutant mon histoire.

– En résumé, vous venez à Grimentz pour aider un type qui ne veut pas d'aide alors qu'on vous a dit l'inverse ? C'est un complot, en déduit le petit vieux.

– Le tout est de découvrir pourquoi, renchérit Lisbeth.

– Il faut enquêter ! hurlent-ils en chœur.

– On se calme, Sherlock et Watson. Si j'accepte de rencontrer Thalia ce soir, je devrais avoir les réponses à toutes ces questions, pas la peine d'aller chercher vos loupes et de mettre le village sens dessus dessous pour trouver des indices. Apparemment, le boulanger ne va pas très bien.

– Bon, eh bien, comme vous êtes libre, vous pouvez venir faire du ski avec nous, se réjouit Gustave.

Je n'ai même pas le courage de leur dire non et en moins de temps qu'il n'en faut pour dire « boule de neige », je me retrouve avec une paire de collants, une combinaison et un casque rose ridicule sur la tête.

Une fois en haut des pistes, nous retrouvons Damien, le moniteur de Lisbeth. Heureusement, celui-ci accepte que je participe au cours débutant, moyennant un petit supplément, et nous voilà en train de nous échauffer à Bendolla, à près de deux mille mètres d'altitude. Et que je tente de toucher le bout de mes skis avec mes doigts (une catastrophe), et que je m'assieds dessus avant de me relever (j'ai failli mourir), le tout avec les conseils du jeune homme plutôt canon en tenue de sport d'hiver qui possède un sourire digne d'un acteur. Ses dents sont presque trop blanches pour être honnêtes.

Gustave s'assure que nous sommes en sécurité et bien accompagnées avant de s'élancer sur les pistes en hurlant un « hourra » extatique. Avec un style bien particulier, il prend de la vitesse et je l'observe, la boule au ventre. Il semble manquer de souplesse, oscille d'un pied sur l'autre et j'ai envie de lui hurler d'être prudent, d'éviter les sapins et de tourner plus vite, mais je sais bien qu'il n'en ferait qu'à sa tête de toute façon.

– Il est sexy, n'est-ce pas ? murmure Lisbeth sur un ton de conspiration en me donnant un petit coup de coude.

– Si on aime les nonagénaires un peu raides…

Je n'ai pas le temps de terminer ma phrase qu'elle pouffe.

– Oh ça pour être raide, il n'y a rien à redire !

Je rêve ou elle parle de… ? Je la regarde, horrifiée.

– Non, mais épargnez-moi les détails, pitié…

Ses yeux malicieux et son air coquin me font sourire doucement même si, au fond de moi, un sentiment que je connais bien me tord les tripes. Encore le sexe. À quel moment en a-t-on fait l'un des sujets principaux de nos discussions, à quel moment est-ce devenu un tel enjeu ? Ce constat me terrifie et des milliers de questions envahissent mon esprit. Si je viens à rencontrer un homme, comment vais-je lui parler de mon manque d'expérience, de mes craintes, et va-t-il accepter la responsabilité d'être le premier ?

Rien que d'y penser, je me sens mal, faible, mes jambes flageolent, mes dents claquent et je commence à trembler. Je devrais me confier sur mon passé, expliquer pourquoi je n'ai jamais franchi le pas, revenir sur mes expériences amoureuses foireuses.

– Lou, ça va ? Vous êtes toute pâle.

À vrai dire, je n'entends pas vraiment Lisbeth, les sons se sont éloignés de moi, je suis dans le brouillard, je me sens vaciller et glisser sur le sol gelé.

– Madame, madame ! Ouvrez les yeux.

– Elle s'appelle Lou ! Elle a peut-être besoin de bouche-à-bouche, qu'en pensez-vous ?

J'aimerais protester et grogner contre cette idée, mais je n'y parviens pas.

– Lou, vous m'entendez ? Comment vous sentez-vous ?

J'ouvre les yeux et découvre deux têtes portant des masques de ski beaucoup trop proches de moi et pousse un hurlement.

– Apparemment, pas très bien, constate Lisbeth. Vous avez vu *Les bronzés font du ski* ? On devrait peut-être lui donner un coup de bâton ? Ou encore mieux, lui faire boire un petit verre de vin chaud ?

Damien semble sceptique quant à l'approche de la vieille dame tandis qu'il m'aide à me relever doucement.

Nous prenons la direction de la buvette pour que je puisse me remettre de mes émotions, avec d'un côté Lisbeth qui glisse sur ses skis en criant des « youhou », et de l'autre Damien qui salue une personne toutes les secondes, ce qui démontre sa popularité auprès des vacanciers et des locaux. Les œillades, les rires appuyés des jeunes femmes qui le croisent, les frôlements de bras et ce petit jeu de séduction auquel il prend plaisir à participer m'indiquent que le moniteur profite bien de son statut et de sa jeunesse. Alors qu'il discute avec une blonde à l'allure sportive, Lisbeth se penche vers moi pour souffler :

– Quand j'évoquais l'homme sexy, je ne parlais pas de Gustave, mais du moniteur.

– Ah ! Il est un peu jeune pour vous, non ?

– Je ne pensais pas à moi enfin !

– Non, non, non. Vous n'allez pas jouer les entremetteuses et puis, je déteste les dragueurs. Sans compter que je ne vais pas moisir longtemps dans le coin, ne l'oubliez pas.

– Bla, bla, bla…

– Lisbeth !

Nous nous installons à une table et elle profite de l'absence de Damien, parti nous chercher des chocolats chauds, pour expliquer avec bienveillance :

– Ne vous méprenez pas, Lou, je ne souhaite pas vous forcer la main. Je vous apprécie beaucoup, vous êtes une jeune femme au grand cœur et je vois bien à quel point Célia est reconnaissante et heureuse de pouvoir compter sur vous dans cette grande aventure qu'est la vie. Je vois aussi votre tristesse, ce voile qui s'installe parfois devant vos yeux, ce manque d'amour. Quand je vous taquine avec les hommes, je cherche peut-être maladroitement à instaurer un peu de légèreté dans votre quotidien pour que vous puissiez profiter du meilleur que l'existence a à nous offrir.

Touchée par ses mots, je pose ma main sur la sienne et me sens envahie par une vague de tendresse.

– Vous êtes un peu la grand-maman que nous souhaitons toutes avoir dans nos vies Lisbeth. Vous rendez le chemin plus doux et je sais que votre démarche est bienveillante. Mais, sans le savoir, vous appuyez là où ça fait mal. Les hommes et moi, c'est compliqué…

Damien nous rejoint, ce qui interrompt notre conversation, et dépose les boissons fumantes sur la table. La vieille dame le remercie et, comme à son habitude, commence à babiller :

– Et vous Damien, ça fait longtemps que vous travaillez à Grimentz ?

– Bientôt dix ans. J'ai gravité dans le sport à haut niveau depuis mon enfance en tant que skieur freestyle et guide de montagne, mais je me suis rangé à cause de… de certains événements. Et maintenant, j'enseigne le ski et le snowboard pendant la saison hivernale et je fais de la grimpe et de la randonnée en été.

Je rebondis :

– Ce n'est pas trop difficile de donner des cours à des débutants ? J'imagine que lorsqu'on est habitué à ressentir de l'adrénaline et des émotions aussi fortes, il n'est pas évident de se ranger comme vous dites.

– On apprend à vivre avec d'autres satisfactions.

Une nouvelle jeune femme passe à côté de nous et lui lance un sourire charmeur auquel il répond.

– Vous semblez bien entouré en tout cas, ajoute Lisbeth en faisant référence à toutes les femmes croisées depuis que nous sommes sur le plateau.

Le sourire de Damien s'étire.

– Je profite de la vie.

– Alléluia ! Vous avez entendu ça, Lou ? Vous ne donneriez pas des cours à ce sujet également ?

Je recrache la gorgée de chocolat chaud que j'avais dans la bouche et manque de m'étouffer tandis que des gouttelettes atterrissent à quelques centimètres de Damien. Pour le glamour, on repassera. Mon Dieu, elle me met mal à l'aise et je sens mes joues s'enflammer.

– Oups pardon… Surtout, ne répondez pas à sa question !

Je me sens empotée, mais ça n'a pas l'air de gêner le moniteur qui me tend une serviette pour éponger les dégâts. Lisbeth continue comme si de rien n'était :

– Je plaisante ! Et vous connaissez Loïc, le boulanger ?

Décidément, elle est inarrêtable. L'ambiance change tout à coup. Elle devient plus lourde, plus dense, Damien fronce les sourcils et les quelques secondes qu'il prend pour répondre nous donnent davantage d'informations que son énigmatique :

– Oui, je le connais…

Un malaise s'installe, l'homme regarde sa montre et se redresse.

– L'heure file, on s'y remet ?

Lisbeth bâille et s'étire, regarde autour d'elle avec un sourire et là, elle dit tout simplement :

– Je suis épuisée, je vais rester au restaurant pour profiter de la vue et me reposer. Vous n'avez qu'à continuer la leçon tous les deux.

Elle plaisante, elle ne peut pas me faire ça ! Il faut que j'exprime mon désaccord, que je m'affirme. Je prends mon courage à deux mains et prononce avec toute la conviction et la force dont je suis capable :

– Trrrr…

C'est reparti pour le syndrome du tracteur, autrement dit la contestation non exprimée. Damien lève les yeux sur moi pour obtenir mon accord, mais tout ce à quoi je pense à ce moment-là, c'est à la manière dont je vais me venger des petits vieux.

– Allez, filez les jeunes, et profitez bien !

– Alors, c'est parti, conclut Damien en se levant et en m'invitant d'un geste à faire de même.

Je suis le mouvement, mais, avant de partir, lance un regard noir à l'ingénue qui me sourit de tout son dentier et lui susurre :

– Je ne suis pas dupe une seule seconde de votre petit manège !

– Je ne vois pas du tout de quoi vous voulez parler, je suis vieille et fatiguée !

– Mon œil, oui…

Je jurerais l'avoir vue me faire un clin d'œil alors que je suivais Damien jusqu'à la sortie du restaurant.

Le soleil m'éblouit, je replace mes lunettes de soleil sur mon nez et écoute les explications de Damien sur l'importance de l'équilibre et des mouvements du corps pour tourner ou freiner. Après quelques exercices, je transpire abondamment sous les multiples couches que j'ai enfilées ce matin et profite d'une petite pause pour récupérer.

Damien me tend un berlingot de compote d'abricots, l'un des emblèmes du canton du Valais d'après ce qu'il m'explique, et nous nous installons sur un tronc pour déguster notre casse-croûte énergétique. La purée de fruits fond dans ma bouche, le petit côté acidulé me pique délicieusement la langue et je ne peux m'empêcher d'imaginer des recettes que je pourrais tester avec ce type de produits. Des cupcakes fourrés à la compote ou à la confiture d'abricots et surmontés d'une crème aromatisée à l'alcool d'abricot ? Est-ce que ça existe ?

– Damien, avec vos abricots, est-ce que vous fabriquez autre chose que des compotes, comme de l'alcool ?

Il lève un sourcil et semble étonné par ma question, ce qui se comprend puisqu'il est à peine midi, mais il reprend vite le contrôle pour m'expliquer :

– Oui, on appelle ça de l'abricotine, c'est un alcool fort à quarante pour cent. Vous voulez y goûter ? C'est très bon.

J'hésite. J'en ai très envie, oui, mais seule, parce que l'idée même de me retrouver en face de lui me gêne. Je trouve que son côté entreprenant et son comportement de dragueur manquent de sincérité. J'ouvre la bouche, mais aucun son n'en sort. C'est peut-être mieux qu'un « trrr » finalement. Je réfléchis. Damien attend ma réponse. Je stresse encore plus.

– J'ai beaucoup de choses à faire…

– Allez, cela ne prendra que cinq minutes. Voire moins si vous buvez vite, lance-t-il d'un air de défi.

Je me laisse finalement entraîner, non sans opposer une résistance plus ou moins active qui se traduit par un regard fuyant et un pas d'une lenteur inimitable (je vous rassure, j'ai fermé la bouche entre-temps). Nous regagnons le village par la télécabine, avant de nous installer sur la terrasse de l'hôtel *Alpina* qui se situe à quelques mètres des téléphériques de Grimentz.

Damien commande deux abricotines et je l'observe le plus discrètement possible tandis qu'il discute avec un homme que je devine être le gérant du restaurant. Il a l'air tellement à l'aise avec les autres, si ouvert, si expressif, si séducteur, si prompt à entrer en relation. J'ai tendance à admirer chez les autres toutes les qualités que je ne possède pas, tout ce qui me manque cruellement, tout ce qui me fait défaut. Pourtant, même les personnes les plus lumineuses ont une part d'ombre en elles, je le sais, je le sens.

De mon côté, ça m'arrange que le jeune homme soit occupé ailleurs parce que je ne sais pas ce que je lui dirai quand il reportera son attention sur moi. Ce qui devrait arriver dans 3, 2, 1…

– Et vous Lou, qu'est-ce qui vous amène dans le coin ?

Je suis vraiment forcée de répondre à ça ? Si je prends en compte mes capacités intellectuelles et cognitives du moment, mes dispositions actuelles conditionnées par ma rencontre avec Loïc et ce verre inopiné avec Damien, je dirais que les seules questions auxquelles je suis capable de fournir une réponse sont : quelle est ma couleur préférée (le vert émeraude), est-ce que la neige mouille (oui) ou est-ce que le tabac est dangereux pour la santé (oui).

Mon corps se tend sous la tension, je sens que je me crispe alors que son regard est braqué sur moi. Pourquoi suis-je aussi mal à l'aise avec les hommes ? Surtout quand je me retrouve en tête à tête avec l'un d'eux ?

Le serveur revient avec les abricotines servies dans des petits verres allongés et m'offre un instant de répit qui me sort de ce tourbillon. Je me ressaisis et articule, la bouche sèche :

– Je suis venue pour aider Loïc à lancer une gamme de pâtisseries pour les fêtes de Noël.

À l'évocation de Loïc, son visage se referme à nouveau, s'assombrit, il grimace et avale cul sec l'alcool puis regarde au loin avant de m'annoncer d'un ton froid :

– Je vais devoir vous laisser, le travail m'attend.

Sans un mot de plus, il se lève et quitte la table, me laissant avec des interrogations plein la tête et un sentiment ambigu et partagé entre le malaise généré par ce début de conversation et le soulagement que je ressens. Enfin seule.

J'approche le verre de mon nez pour humer le parfum de l'abricotine. Passé la puissance de l'alcool, les notes sucrées et parfumées du fruit se révèlent. J'imagine monter une crème légère et la relever avec un trait de liqueur, la napper sur le cupcake avec une poche à douille et terminer avec un petit décor en massepain en forme d'abricot.

La première gorgée me brûle la gorge, la vache, c'est fort ! La deuxième est déjà plus douce et savoureuse. La troisième me réchauffe le ventre et la quatrième me plonge dans une douce euphorie. Je n'ai plus peur de rien ! Loïc va voir que je suis utile et que mes pâtisseries valent le détour.

Après tout, c'est bien connu que, pour survivre à un ours, il ne faut pas s'enfuir face à l'animal sauvage, mais rester calme et ne pas faire de mouvement brusque.

Encore faut-il voir ce que Thalia a à me confier, et si je décide de rester. Quoi qu'il en soit, je pourrais toujours acheter quelques bouteilles d'abricotine pour élaborer ma recette chez Manon. Manon, dont je n'ai toujours pas eu de nouvelle d'ailleurs.

En marchant, je passe devant une boutique de produits du terroir et ne résiste pas à l'envie d'y entrer. Saucissons, viande séchée, fromages et liqueurs y sont mis à l'honneur et je ne me gêne pas pour remplir mon cabas de ces délicieux mets qui vont certainement ravir mes colocataires. J'ajoute à mes achats une bouteille d'eau-de-vie à l'abricot, une autre à la poire, puis sors du magasin de meilleure humeur. Je rentre au chalet en flânant dans les ruelles et en chantonnant un *Jingle Bells* plutôt approximatif qui me vaut des regards étonnés des passants que je croise le long du chemin.

Je grimpe les quelques marches qui permettent d'accéder au palier de notre appartement, ouvre la porte et lance un joyeux :

– Bonjour !

– Lou est rentrée ! se réjouit Gustave.

– Alors, c'était comment cette leçon de ski ?

Les deux petits vieux apparaissent dans l'entrée pour venir m'accueillir. De grands sourires éclairent leurs visages fripés et leurs yeux pétillent toujours autant. Une vague d'amour me saisit et je leur fais un câlin avant de susurrer sur le ton de la conspiration entre leurs deux visages :

– J'ai fait une découverte incroyable aujourd'hui…

– Vous avez découvert la bouche de Damien ?

– Lisbeth, je la réprimande.

– Vous avez trouvé comment dérider le méchant boulanger ?

– Gustave ! Non, vous n'y êtes pas !

– On peut continuer à chercher ?

– C'est une devineeette ! s'emporte le petit vieux.

Il est si enthousiaste que parfois je m'inquiète pour son cœur.

– Vous avez fait la connaissance d'un mec encore plus canon que Damien ?

Je fais non de la tête.

– Vous avez résolu le mystère du triangle des Bermudes ? Ou celui de la combustion humaine spontanée ? Vous avez trouvé comment faire un commerce avec les guirlandes de Noël qu'on a fabriquées l'année passée ? Ou avec les origamis de notre voisin Louis ?

– Gustave, il faut arrêter les psychotropes ! Ou les documentaires télévisuels qui passent trop tard le soir. Vos guirlandes ressemblaient à des limaces je vous rappelle. Ne mentez pas, Célia m'a tout raconté !

Il se marre. Je mets un terme au jeu parce que, les connaissant, nous pourrions y passer l'après-midi, et sors de mon sac les deux bouteilles de liqueurs.

– J'ai découvert ça !

Gustave plisse les yeux pour lire à haute voix « Williamine » et « Abricotine » :

– Ce pourrait être le nom de deux jumelles qui joueraient dans un film pour adultes.

Lisbeth rit et lui donne une petite tape sur le bras. Je crois l'avoir entendue murmurer « grand coquin » près de son sonotone.

– On goûte ? propose Lisbeth.

– C'est parti mon kiki. Nous aussi, on a quelque chose à vous montrer !

Ils m'entraînent alors au salon où je découvre des sacs débordant de décorations de Noël, j'entrevois des guirlandes rouge et or, des paquets de boules et des chaussettes molletonnées dépasser. Les meubles ont été déplacés et, au milieu du salon, trône un énorme et majestueux sapin.

Gustave farfouille dans ses trouvailles et sort trois bonnets de père Noël qu'il vient planter sur nos têtes.

– Voilà, on est prêts pour la dégustation et pour les décorations de Noël.

Je n'ai pas le cœur de couper leur élan et de leur rappeler que la situation est loin d'être réglée quant à notre éventuel futur dans ce village. À la place, je fais un déni, mécanisme de protection que je maîtrise à la perfection, et nous sers des verres d'abricotine. Je les observe attentivement et la réaction que j'attendais ne tarde pas à arriver lorsqu'ils goûtent au breuvage.

– C'est merveilleux !

– Un vrai petit goût de paradis.

Ils me regardent, ils se regardent et hurlent en chœur :

– On est foutus !

En effet, à peine leurs verres vidés, les deux compères se resservent puis ouvrent gaiement les sacs pour disposer leurs achats sur le canapé. Nous œuvrons à rendre le chalet encore plus chaleureux : Lisbeth installe des guirlandes au-dessus de l'âtre et y accroche les chaussettes, Gustave dispose des lumignons le long des poutres puis nous décorons le sapin avec mille boules colorées, des petits anges et des bougies rouges. L'ambiance de Noël me gagne, les rires des deux amoureux résonnent comme la plus jolie des mélodies et je me dis que, peut-être, je dis bien peut-être, cela vaut la peine de prolonger le séjour juste pour leur faire plaisir.

La bouteille d'abricotine se vide au fur et à mesure que notre appartement prend l'apparence de la maison du Père Noël et, au détour de la conversation, je leur fais part de mon intention d'élaborer des pâtisseries avec cette liqueur, ce à quoi le papy rétorque, toujours prêt à donner de sa personne pour la bonne cause, surtout quand il s'agit d'alcool :

– Je vais vous trouver la meilleure abricot...

Il est coupé par un hoquet puis continue :

– ... tine du coin, je vous le promets. Je vais faire une étude et toutes les goûter afin de les classer !

Ancien commercial dans le vin, Gustave est un fin connaisseur de tout ce qui touche de près ou de loin à l'alcool. Même si, en prenant de l'âge, il a peu à peu laissé de côté ses principes de dégustation et qu'il préfère dorénavant avaler les vins et les liqueurs qu'il teste plutôt que de les recracher (*faudrait pas gâcher tout de même !*), il demeure un ancien professionnel au palais affûté.

– Marché conclu !

– Oui, enfin, seulement si on peut y participer aussi ! ajoute Lisbeth. On ne va pas manquer ça tout de même.

Je ne vois pas les heures passer et réalise qu'il faut que je file rejoindre Thalia qui ne va pas tarder à fermer la boulangerie. Il était temps parce que Lisbeth et Gustave commencent à chanter.

Ils étaient amoureux
Ils s'aimaient tous les deux
Ils étaient heureux

Je quitte l'appartement avant de les entendre proférer les insanités de leur chanson paillarde préférée.

Tous les deux... amoureux... heureux... Dudule...

La nuit hivernale tombe tôt et le froid me saisit quand je mets le nez dehors. La neige commence doucement à tomber, les flocons tournoient dans le ciel, lentement, ils prennent leur temps, planent, dansent dans le vent, jouent avec l'obscurité. Je lève la tête, les observe et sens une joie enfantine me saisir. Quand perd-on la capacité de s'émerveiller des petites choses ? À quel moment préfère-t-on regarder nos chaussures en baissant les yeux plutôt que le ciel ?

Les fenêtres laissent passer la lumière des foyers, les lumignons et guirlandes s'allument et confèrent aux ruelles une atmosphère féerique. Ma colère du matin s'est évanouie dans la magie des fêtes, dans la décoration du sapin avec Lisbeth et Gustave, dans les yeux de Damien et peut-être un peu dans l'abricotine.

J'arrive devant la boulangerie et observe Thalia s'affairer à l'intérieur. Elle range les derniers vestiges de sa journée, lave une tasse puis passe un chiffon derrière le comptoir. Quand elle sort pour me rejoindre, la lumière du labo est toujours allumée.

– Merci d'être venue, je vous en suis très reconnaissante. Un verre au *Grenier*, ça vous dit ?

Devant mon air ahuri, elle précise qu'il s'agit de l'œnothèque du village, alors, rassurée parce que je ne voyais pas très bien ce que nous aurions pu faire dans un grenier, j'acquiesce et la suis jusqu'à un bar qui se situe près de l'hôtel *Alpina*. Nous nous installons dans un coin tranquille et commandons deux verres de vin blanc. J'attends qu'elle commence la conversation, qu'elle me fournisse les explications promises, mais elle a l'air de réfléchir à la manière d'aborder le sujet. Face à son mutisme et à sa gêne, je lui demande doucement en me penchant vers elle :

– Thalia, est-ce que ça va ?

Je sais que lorsqu'on pose cette question en étant réellement préoccupée par la réponse, cela produit un véritable tsunami. Ses lèvres tremblent, son visage se chiffonne et elle éclate en sanglots. Des larmes inondent ses joues, ses épaules tressautent et mon cœur se serre de la voir si triste. Je lui tends un mouchoir qu'elle saisit pour éponger ses yeux et se moucher. Elle renifle puis balbutie :

– Il va tellement mal. Ça me tue de le voir comme ça et de ne pas pouvoir l'aider. Depuis deux ans, je fais tout ce que je peux, mais c'est de pire en pire. Il ne parle presque plus, il ne veut plus voir personne et je… je ne sais plus quoi faire.

Je n'avais pas pris conscience de la gravité de la situation.

– La boulangerie va si mal que ça ?

Elle est empruntée et j'imagine qu'elle n'a pas envie de parler des finances avec une inconnue alors je tente de m'expliquer :

– Mon amie Manon m'a avoué que la situation financière de Loïc était compliquée. C'est pour ça que je suis là, pour l'aider à développer son affaire avec de nouveaux produits.

Elle écarquille les yeux, comme si elle se souvenait d'un détail, mais je sens que quelque chose m'échappe parce qu'elle se reprend :

– Comme souvent, on aimerait toujours faire mieux. Loïc n'a jamais autant travaillé et son pain est toujours le plus prisé du village et même des alentours. Mais, les pâtisseries à Noël, il faut dire que ça cartonne.

– Et qu'est-ce qui arrive à Loïc exactement ?

Sa réponse désespérée me frappe de plein fouet.

– Il est triste, isolé, il n'a plus goût à rien. Alors, ne partez pas. Peut-être que vous arriverez à lui faire prendre conscience de ses problèmes ? Moi, j'ai tout essayé, mais il ne m'écoute pas. C'est bientôt Noël, on ne peut pas le laisser tomber.

Je n'avais pas vu venir l'argument de Noël. Elle perçoit mon hésitation et lance une nouvelle salve d'arguments :

– C'est à cette période de l'année que des miracles se produisent, non ? Pourquoi Loïc n'aurait pas droit à son miracle ? Il le mérite vraiment.

– Le problème, c'est que je ne suis pas la mère Noël, un psychiatre ou un saint-bernard ! On a beau être en Suisse et c'est peut-être un emblème pour vous, mais je ne vois pas très bien en quoi je pourrais le soutenir. Tout ce que je sais faire, ce sont des cupcakes. Et encore, c'est discutable.

Elle avale une gorgée de vin comme pour se donner du courage avant de confier :

– Vous savez, Loïc, c'est un peu le grand frère que je n'ai jamais eu. Quand je suis arrivée à Grimentz comme saisonnière, je… je n'allais pas bien. Pas bien du tout. Je m'étais éloignée de ma famille, ma mère m'avait mise dehors et je n'avais pas de travail alors je cherchais à me faire embaucher comme serveuse. Il n'a pas hésité bien longtemps avant de m'aider, il m'a soutenue et il m'a proposé un poste permanent dans sa boulangerie. Je sais bien que vous n'avez pas vu ses bons côtés ce matin, mais croyez-moi, il n'a pas toujours été comme ça.

Quel genre d'être humain serais-je pour prendre la fuite face à tant de détresse ? À mon tour, je sirote une gorgée de vin en réfléchissant. Est-ce que Manon était au courant, est-ce qu'elle savait ce qui se tramait pour son ami ?

– Qu'est-ce qui s'est passé pour qu'il change ainsi ? Que lui est-il arrivé ?

Elle pousse un soupir et ses yeux se perdent un instant dans le vague. Moi, c'est une immense vague de tristesse que je perçois.

– Il s'est passé un drame, un terrible drame. Il y a deux ans, Loïc est parti skier avec des amis. Ils étaient tous expérimentés, ils connaissaient bien les environs et ils ont fait du hors-piste ce jour-là, comme ils en avaient l'habitude. Mais le manteau neigeux était instable ce jour-là à cause du redoux et ils... ils ont déclenché une avalanche, et depuis cet accident il a coupé les ponts avec ses amis, il ne sort plus et il s'est renfermé sur lui-même. Il ne fait que travailler. Avant, il était joyeux, heureux, il profitait de la vie tout en gérant son business, il adorait sa boulangerie, il était passionné par son métier, il le faisait avec amour et tout le monde l'adorait dans le village. Mais maintenant, tout a changé. Sa lumière est partie.

Sa lumière est partie.

Je pousse un soupir.

– Je ne vous promets rien. En fait, j'ai peur que vous ne soyez déçue. Je pense que Loïc va devoir trouver des ressources en lui pour aller mieux, mais je vais y réfléchir cette nuit.

– Merci. C'est déjà mieux qu'un « non » catégorique.

Je demande l'addition, mais le serveur m'informe que celle-ci a déjà été payée. En sortant, je remarque Damien qui tourne la tête dans notre direction.

Cette première journée m'a épuisée, je ne sens littéralement plus mes cuisses à cause du ski, mon estomac se rebelle déjà d'avoir mangé tant de fromage et d'avoir abusé du vin et de l'alcool du coin. Je ne tarde pas à me mettre au lit, laissant le couple profiter du salon et élaborer une liste d'activités de Noël. Je surfe sur mon téléphone et me connecte à mon compte Instagram, un compte professionnel que j'ai nommé « Les cupcakes pour les nuls » sur lequel j'ai pris l'habitude de partager mes recettes les plus basiques et les plus savoureuses. Mon but ? Montrer à ma communauté qui ne cesse de grimper et qui a atteint près de cinquante mille abonnés en quelques mois que certaines préparations sont accessibles à tous. Je ne manque pas de partager mes ratés également parce que, malgré l'enseignement précieux de Manon, je suis loin d'être parfaite. Je dirais même que je suis passée maîtresse en matière d'erreurs, de cupcakes trop cuits ou de crèmes tranchées. Mais rendre la pâtisserie accessible au plus grand nombre me procure une satisfaction que je n'aurais pas soupçonnée il y a encore quelques mois. Et la recette fonctionne plutôt bien puisque j'ai des retours très positifs et des commentaires de plus en plus nombreux.

Après avoir répondu à quelques questions sur mon *feed*, j'envoie un message WhatsApp sur notre groupe Les trois Missquetaires pour donner des nouvelles à mes amies Chloé et Célia restées à Paris.

Les filles, j'ai rencontré un ours. STOP. Suis désespérée. Apparemment, c'est un homme à sauver. STOP. Suis pas sauveteuse, ai pas le brevet. STOP. Ai envie de rentrer. STOP.

Vous me manquez.

Chloé est la première à répondre :

La question cruciale est surtout : est-ce que l'ours est mignon ?

Elle est incorrigible. Je tape :

Sais pas. Trop de barbe pour voir les traits de son visage.

Célia envoie un émoji qui pleure de rire. Et Chloé renchérit :

En cas de nécessité, pour le bouche-à-bouche, la règle, c'est de lui faire un massage cardiaque puis tu insuffles de l'air directement en encerclant ses lèvres.

Célia pianote puis envoie :

C'est le bouche-à-nez qui prévaut maintenant.

Du tac au tac, Chloé rétorque :

Beurk, c'est moins sexy…

Elles sont incorrigibles, mais le fait de les savoir présentes malgré la distance me fait sourire et me redonne du courage. Je leur fournis des détails sur ma journée, le cours de ski, le nouveau défi de Gustave et le verre avec Thalia. Célia nous donne ensuite des nouvelles de Louis et de Chantal qui s'apprêtent à emménager ensemble dans l'appartement de Louis et de sa réflexion quant à l'intrigue de son prochain livre.

Je pense que ton aventure à la montagne avec Monsieur l'ours, les cupcakes et le moniteur de ski sexy a un énorme potentiel de romance de Noël.

Elle est drôle. Je me défends et écris le plus vite possible :

La seule romance que j'entretiens, c'est celle avec mes sex-toys !

Je profite d'ailleurs de sortir un vibro de mon tiroir et le pose à côté de moi, prête à m'en servir pour me détendre dès que j'aurai terminé la conversation avec mes amies. Célia ajoute une dernière couche avec son message :

Oui, on peut dire que c'est une histoire pour le moins vibrante !

Nous nous esclaffons puis papotons encore quelques instants avant de nous promettre de nous tenir au courant de nos futures péripéties. Je ne manquerai pas de leur envoyer un retour détaillé de ma nouvelle tentative d'apprivoisement de la bête sauvage prévue pour le lendemain. Une dernière fois. Je le fais surtout pour Thalia, pour l'aider parce que sa détresse m'a déchiré le cœur et je ne peux pas l'abandonner à son triste sort.

Je m'installe confortablement sous ma couette, actionne le jouet et profite enfin d'un instant pour moi. L'orgasme qui me cueille me fait oublier les problèmes de la journée, la tension accumulée, les enjeux pour Thalia et Loïc. Je m'endors et plonge dans des rêves agités où des ours font la course avec des biches avant d'être emportés par une avalanche.

Chapitre 3

Les cupcakes, ce n'est pas de la tarte

C'est ainsi que le lendemain, je me retrouve une nouvelle fois devant la boulangerie, la peur au ventre, mais armée d'une détermination nouvelle. J'ai décidé de ne pas y aller trop tôt afin de ne pas débarquer dans le rush de l'ouverture et en ai profité pour acheter les quelques ingrédients dont j'aurai besoin pour les recettes que je compte préparer en cette première journée. Quand j'entre, je vois le visage de Thalia se tourner vers moi et s'illuminer alors qu'elle contourne le comptoir pour me sauter dans les bras.

– Tu es venue ! Merci, merci, merci !

Un peu déstabilisée par cette vague d'enthousiasme et de soulagement, je note à peine que la jeune femme est passée au tutoiement. Je balbutie un maladroit :

– Je t'en prie.

Marquant une hésitation, je finis par lui demander en faisant un geste en direction du laboratoire :

– Est-il au courant que je viens ?

D'après sa mine déconfite, j'en déduis que non. Ça promet. J'inspire un grand coup pour me donner du courage, ferme les yeux une seconde en me répétant « il ne va pas te manger » puis me dirige vers l'arrière-salle non sans prévenir Thalia :

– Si tu m'entends hurler, je compte sur toi pour appeler la police.

Elle acquiesce très vite et plusieurs fois de suite et m'observe avec attention tandis que je m'approche de l'antre de l'animal. Pour ne pas effrayer Loïc et le prévenir de mon arrivée, je toque à la porte. L'homme est de dos, occupé à installer des ficelles de pâte à pain sur une grande plaque de cuisson.

– Depuis quand tu frappes Thalia ?

– …

Il se retourne, la mine sérieuse, remarque que je ne suis pas Thalia et plisse les yeux.

– Pour la vente, je vous prie de vous adresser à la personne derrière le comptoir.

Le voilà qui repart dans son travail sans m'accorder davantage de considération. C'est là que l'agacement prend le pas sur ma raison. Je suis là pour l'aider, presque contre mon gré, et il n'y a pas grand-chose que je ne tolère pas. Pas de chance pour lui, la grossièreté, la rudesse et l'impolitesse en font partie. J'en ai marre d'être tout le temps la gentille femme qui ne pipe pas mot et qui se retient de parler et de s'exprimer en affichant un sourire de façade alors que c'est la guerre dans sa tête. Ras le bol ! D'autant plus qu'avec lui je n'ai rien à perdre alors pourquoi prendre sur moi et fournir des efforts pour lui plaire ?

J'avance dans le labo d'un pas décidé, repère un coin propre pour m'installer et sors mes produits de mon sac en tonnant :

– Je ne suis pas là pour acheter du pain !

Surpris par ma réaction, il tourne la tête et écarquille les yeux en me voyant envahir son espace. Il ouvre la bouche pour protester, mais je le coupe :

– Et je ne m'appelle pas Line une bonne fois pour toutes ! Moi, je m'appelle Lou. Mon amie Manon m'a demandé de vous aider et que vous le vouliez ou non, je vais préparer mes cupcakes.

Je lui tourne le dos à mon tour et fais mine de l'ignorer alors que je dispose les ingrédients devant moi. Décorations colorées, beurre, citron, épices à pain d'épices, crèmes de marrons, confitures, chocolat, *cream cheese*, compote d'abricots, abricotine et autres délices s'étalent sur le plan de travail.

Loïc respire de plus en plus fort. Je ne le connais pas, mais je déduis qu'il prend sur lui pour ne pas crier. Néanmoins, je l'entends s'agiter derrière moi et produire de plus en plus de bruits dès qu'il manipule un ustensile. Le moindre prétexte est bon pour jeter un bol avec fracas, sortir les plaques du four et les balancer sans ménagement ou reposer les sacs de farine sans la moindre délicatesse.

Après plusieurs minutes de ce manège, il sort brusquement du labo en marmonnant dans sa barbe. Thalia arrive affolée.

– Loïc est sorti en trombe. Tout va bien ?

– Non, mais la bonne nouvelle, c'est que nous sommes toujours vivants tous les deux. Et que je me suis retenue de le couvrir de farine. Ce qui est une très bonne chose, crois-moi.

– Youpi alors ?

– C'est ça, youpi.

Elle me sourit, un sourire léger, presque timide. Je ne sais pas si je me trompe, mais j'ai l'impression que ma présence lui fait du bien et pas seulement parce que cela libère un poids sur ses épaules par rapport à son patron et ami. Thalia quitte la cuisine et me laisse pour retourner derrière le comptoir.

Le petit problème auquel je dois faire face ? Je ne connais pas le laboratoire et me demande si Loïc possède le matériel nécessaire à la fabrication de cupcakes. À la recherche des bols, des spatules et des fouets, j'ouvre les placards et les tiroirs pour trouver mon bonheur. Enfin, bonheur, c'est beaucoup dire… Une fois que j'ai trouvé les ustensiles nécessaires, je remplis des contenants de farine. C'est à ce moment-là qu'une voix gronde derrière moi :

– Ne vous gênez pas et faites comme chez vous surtout !

Flûte, il est revenu.

Je sursaute et, dans un mouvement de panique, renverse une partie de la farine sur ma robe. Merveilleux. Je soupire, ce qui semble être un encouragement à poursuivre pour lui. Je l'imagine comme un chien avec un os à ronger, il ne le lâchera pas.

– Bravo, jolie performance. Non seulement vous êtes maladroite, mais en plus vous gaspillez mes ressources.

J'époussette mon vêtement, les dents serrées, réfrène mon envie de voir l'effet que produirait une pluie de farine sur ses cheveux et sur sa barbe, puis décide de répondre sur le ton le plus léger que je suis capable d'adopter au vu des circonstances.

– Je note une pointe de cynisme dans votre ton, je me trompe ?

– Je ne supporte pas les incompétents.

– Et moi, je ne supporte pas les gens impolis, intolérants, grossiers et qui jugent trop vite.

– Je n'ai pas le temps d'être tolérant.

– Mais vous avez le temps pour être grossier, rustre et jugeant ?

– Écoutez, Line…

– Lou !

Il me jette un regard noir.

– Je suis chez moi, je n'ai rien demandé à personne et je m'en sors très bien tout seul.

Je ne peux m'empêcher de réagir.

– Ce n'est pas ce qu'on m'a dit.

Il lève un sourcil puis me lance un regard de défi.

– Qui juge maintenant ?

Un lourd silence s'installe. Son regard triste cache à peine une colère profonde et un mal-être évident. Je n'ose pas bouger, lui non plus, et nous nous fixons durant de longues secondes. Tout ce que je sens ce sont les battements de mon cœur qui cognent dans ma poitrine et mon souffle court. Je déteste le conflit. J'aimerais trouver quelque chose à dire, lui répéter que je suis là pour l'aider, pour construire une initiative positive pour sa boulangerie, mais j'aurais l'impression de me heurter à un mur.

– C'est l'heure de ma pause. Quand je reviendrai, je ne veux plus vous trouver ici. Et rangez-moi tout ce bordel.

Il tourne les talons et quitte le local, me laissant dubitative et hésitante. Au moins, il n'est plus derrière moi à me surveiller et à guetter le moindre faux pas pour se plaindre. De mon côté, j'ai besoin de me changer les idées, de trouver un peu de réconfort et de me plonger dans une activité que je maîtrise et qui me ramène à mes habitudes sinon je risque bien de faire une crise d'angoisse. Les habitudes ont ce pouvoir sur moi, elles m'apaisent, me rassurent, mettent de l'ordre dans le chaos de mon existence. Il s'agit certainement pour moi d'une question de contrôle. Ce que je connais ne me trahit pas.

Je me dégotte un tablier et profite du calme et de ma solitude pour filmer une partie de mes recettes pour mon compte Instagram. Je coupe du beurre, lui laisse le temps de se ramollir, puis le mélange avec le sucre. Une fois les œufs battus, je fouette ma préparation, ajoute de la muscade, de la cannelle et du gingembre, répartis ma pâte dans les moules et enfourne le tout. Je répète ensuite le processus en y intégrant différents ingrédients, dont la crème de marrons, pour ma seconde recette. Pendant que les cupcakes cuisent, je m'attaque à mes crèmes et à mon glaçage composé de beurre, de sucre glace, d'un peu de lait et d'extrait de vanille. Pour la prochaine fois, je préparerai la chantilly à la cannelle. Je prévois de tester les cupcakes à la compote d'abricots et à la crème d'abricotine cet après-midi.

Une vingtaine de minutes plus tard, les petits gâteaux sont cuits et une délicieuse odeur d'épices flotte dans l'air. Je range le plan de travail et le nettoie pendant que les cupcakes refroidissent puis je me sers de la poche à douille pour les couvrir de crème. Dernière touche : les décorations et quelques copeaux de chocolat.

J'admire le résultat, heureuse d'avoir mené à bien les recettes sans avoir raté une étape, et me sens un peu mieux. Attirée par les effluves qui se sont propagés dans la boulangerie, Thalia passe la tête dans l'entrebâillement de la porte et écarquille les yeux en apercevant ma production du matin.

– Ça a l'air drôlement bon ce que tu as préparé ! C'est quoi ?

Je lui fais un signe pour qu'elle me rejoigne et désigne les préparations.

– Cupcakes façon pain d'épices et leur crème au beurre à la vanille. Et ceux-là, ce sont des cupcakes à la crème de marrons.

– *Wow*, qu'est-ce qu'ils sont beaux… Tu m'apprendras à en faire ?

Surprise par sa demande, je l'observe et pour la première fois remarque une étincelle dans ses yeux.

– Bien sûr, avec plaisir. Tu m'aides à les disposer en vitrine ?

Elle acquiesce puis nous réarrangeons les présentoirs pour mettre en avant les nouvelles préparations. Une fois notre tâche achevée, je prends quelques minutes pour siroter un café dans l'espace tea-room. C'est là qu'une petite idée germe dans ma tête et je me dépêche d'en faire part à Thalia qui accueille le projet en tapant dans ses mains avec enthousiasme.

Je profite de l'absence du boulanger pour préparer d'autres fournées de douceurs et rejoins Thalia pendant qu'elles cuisent pour vérifier les ventes de nos nouveautés. En quelques heures, tous les cupcakes ont été écoulés.

M'étant renseignée sur le temps de pause de Loïc, je quitte la boulangerie avant son retour. Bien qu'un peu désenchantée par la nature humaine, je ne suis pas pour autant suicidaire et je n'aimerais pas finir la tête dans le fournil ou glisser malencontreusement sur du beurre fondu.

En partant, je glisse un cupcake à Thalia pour qu'elle le goûte puis sors du salon de thé après avoir enfoncé mon bonnet sur la tête. À l'extérieur, il neige et avec le vent qui souffle je grelotte sous mon manteau en laine. Pourtant, malgré le froid, j'ai besoin de faire quelques pas pour me changer les idées et remonte jusqu'au centre du village.

Certains magasins diffusent des chansons de Noël et j'entends des fragments de *All I Want for Christmas Is You* de Mariah Carey, ou *It's Beginning to Look a Lot Like Christmas* de Michael Bublé quand les portes s'ouvrent pour laisser sortir des clients.

C'est en passant devant l'*Alpina* que j'entends des hommes hausser la voix. Je capte quelques bribes de la dispute, mais évite de m'approcher trop près, on ne sait jamais, je risquerais de me prendre un coup de moufle dans le nez.

– Complètement irresponsable…

– Va te faire foutre !

– Et vous le laissez faire ? Vous attendez quoi, que ça recommence ?

– Dégage !

Des bruits de pas, des vêtements qui se froissent peut-être sous l'effet des poings, quelques grognements puis plus rien. Le silence. Un instant plus tard, j'aurais juré voir le boulanger quitter la terrasse et s'éloigner malgré le brouillard et la neige qui altéraient ma visibilité.

Je crois avoir reconnu les voix des deux hommes.

Ce petit village paisible, du moins en apparence, ressemble à un vrai champ de mines et j'ignore quelles stratégies adopter pour soutenir Loïc et Thalia. Je ne suis pas formée pour désamorcer des bombes et des goupilles ! J'étais bien loin d'imaginer que cette mission allait se révéler aussi compliquée. Pour moi, les seuls freins que j'avais envisagés étaient d'ordre personnel, ils étaient reliés à mes propres problèmes et j'avais minimisé l'impact de travailler avec des inconnus, avec des êtres humains dont les failles et les blessures les empêchent, tout comme moi, d'avancer ou de supporter la vie et ses chamboulements.

La chaleur du chalet et du feu de bois qui crépite dans la cheminée m'insufflent un peu de bien-être quand je rentre à l'appartement. Gustave et Lisbeth jouent aux cartes sur la table du salon et m'accueillent avec le sourire.

– On a réservé une petite activité dans un caveau ! À visée scientifique bien entendu.

– Dans un caveau ? Ai-je vraiment envie de savoir de quoi il s'agit ?

Lisbeth s'amuse de mon sous-entendu et précise :

– Vous venez avec nous, nous allons pratiquer de nouvelles expériences sensorielles. Je suis sûre que ça va être délicieux.

Elle ferme les yeux et dodeline de la tête comme si elle était sur un petit nuage. Ou plutôt comme si elle avait avalé un peu de drogue, mais je n'ose pas lui demander si c'est le cas, alors je dis simplement :

– Vous me faites peur.

Elle rouvre les yeux et me rassure :

– Mon petit canard, ne vous inquiétez pas, il s'agit d'une dégustation…

– D'abricotine ! lancent-ils d'une même voix.

Je n'ai pas le temps de souffler que nous voilà déjà sur le chemin de notre activité du soir, prêts à déguster des produits du terroir. Le caveau se situe à proximité de notre appartement et je découvre en arrivant que l'activité est organisée par l'Association des trésors de Grimentz, un groupement de passionnés qui œuvrent à la rénovation du village et à l'organisation de diverses soirées à thèmes dans le but de récolter des fonds. Nous sommes accueillis par Germaine, la présidente de l'association. Un sourire jovial, des cheveux courts et bouclés, elle doit avoir une soixantaine d'années, mais son dynamisme lui donne bien dix ans de moins. Plusieurs tables disposées dans le caveau mettent en avant les produits de la région et je remarque même un plateau avec quelques-uns des cupcakes que j'ai préparés ce matin dans un coin.

– Bienvenue à toutes et à tous ! Cette soirée est également l'occasion de vous parler de notre traditionnel gala de Noël, prévu le 24 décembre. Comme vous le savez, nous cherchons toujours des fonds dans le but de créer des activités pour les enfants et les personnes âgées du Val d'Anniviers afin de renforcer le lien intergénérationnel et de lutter contre la solitude des aînés. L'argent récolté nous aide également à rénover les bâtisses historiques du village. Plusieurs artisans du village ont répondu présents pour animer des ateliers durant cette soirée et pour donner de leur temps et je les remercie infiniment. Nous cherchons encore une solution pour le buffet… Quoi qu'il en soit, je vous souhaite une belle soirée et j'espère que vous saurez apprécier nos magnifiques abricotines !

Gustave me donne un petit coup de coude et écarquille les yeux comme s'il tentait de me faire passer un message subliminal. Pas besoin d'être devin pour déduire ce qui vient de lui traverser l'esprit et je chuchote le plus discrètement possible :

– N'y pensez même pas !

– Vous ne savez pas ce que j'ai en tête.

– Si, vous avez entendu le mot « buffet » et dans votre cerveau qui fonctionne étonnamment bien pour votre âge avancé, vous vous êtes dit que je pourrais convaincre le boulanger de « donner de son temps » pour participer à la soirée de Noël. Je me trompe ?

– Pas complètement.

– Pour l'instant, il me déteste. Je crois qu'il déteste tout le monde. Sauf sa farine. Et encore, c'est discutable. Puis, le 24 décembre sera une journée de folie à la boulangerie.

– C'est pour la bonne cause ! C'est un peu comme un signe envoyé tout droit du ciel ! Des bons points de karma.

– Je suis d'accord, Gustave. Mais vous savez, c'est comme dans les avions en cas de catastrophe. Il faut d'abord mettre son propre masque à oxygène avant de pouvoir aider les autres.

– Je ne vois vraiment pas ce qu'un avion vient faire dans l'histoire.

– Mon amour, elle veut dire que le boulanger doit d'abord s'aider lui-même avant d'avoir la disponibilité ou le souhait de soutenir les autres..., précise Lisbeth.

– Ah, eh bien, on pourrait l'aider, nous ! On remotive le boulanger et hop, on a une solution pour le buffet de Noël.

– Malheureusement, ce n'est pas aussi simple...

Connaissant les petits vieux, ils ne vont pas lâcher l'affaire de sitôt, mais, pour le moment, je les pousse vers un stand pour leur faire oublier leur idée saugrenue et distribue des verres pour débuter la dégustation.

Plus la soirée avance, plus les langues se délient. Les gens parlent de plus en plus fort et, entre les rires et les conversations, je prends conscience du lien qui existe entre les villageois. L'amour qu'ils portent à Grimentz, leur volonté de se soutenir, de respecter leur terre, leur terroir et surtout le lien qui les unit me touchent. On dirait une grande famille. Gustave a déjà goûté toutes les abricotines et informé une bonne partie des personnes présentes que les cupcakes viennent de la boulangerie et que je les ai préparés ce matin, ce qui me vaut d'adorables compliments, et ne tarde pas à aborder Germaine pour discuter avec elle. Je lui jette des œillades inquiètes de peur qu'il ne s'avance et ne promette monts et merveilles à la responsable de l'association. Ce qui ne manque pas puisqu'ils ne tardent pas à me rejoindre. Germaine, un verre à la main, me questionne :

– Gustave m'a informée que vous travailliez à la boulangerie avec Loïc ? Nous avons adoré vos cupcakes, ils sont délicieux ! D'ailleurs, je passerai demain vous en chercher une vingtaine, j'organise un brunch pour l'association.

– Dites-lui, insiste Gustave.

Germaine sourit.

– Il m'a bien précisé que, pour le moment, il n'était pas envisageable pour Loïc de s'investir auprès de nous pour la soirée de Noël. Pourtant, il était très actif avant… Toujours partant pour nous donner un coup de main. Vous savez, nous nous inquiétons tous pour lui. Il a changé et s'est retiré de la vie de la commune. En fait, il nous manque beaucoup.

– Mais nous, nous pourrions faire des cupcakes, non ? s'enthousiasme le papy.

Je connais l'habileté de Lisbeth pour la confection de gâteaux et de pâtisserie, mais concernant Gustave, j'ai des doutes. Je réfrène son enthousiasme.

– Je ne suis pas certaine que ce soit une solution. Ou une bonne idée… et puis les invités ne vont pas se satisfaire de quelques cupcakes pour un repas de fête.

Gustave fait la moue, mais je sais qu'il n'a pas dit son dernier mot. Peut-être que, l'alcool aidant, il aura tout oublié demain matin ? À peine ai-je reporté mon attention sur mon verre pour siroter son contenu que Lisbeth sifflote :

– Regardez qui est là ! Youhou, Damien !

Et la voilà qui fait de grands gestes pour attirer l'attention du moniteur de ski. Il faudrait être aveugle pour manquer la petite vieille qui est à deux doigts de faire des bonds (je rêve ou elle sautille vraiment d'ailleurs ?). L'homme lève les yeux, accroche mon regard et s'approche de nous, le sourire aux lèvres. Avant de nous rejoindre, je le vois siffler son verre d'une traite et s'en servir un autre.

– Ma cliente préférée ! J'ai booké toute votre session pour la semaine.

Lisbeth rosit de plaisir.

– Lou, vous serez de la partie également ?

– Je crois que le ski n'est pas vraiment mon ami. Ou alors, je pense que mes deux skis se détestent, ils veulent toujours aller dans des directions opposées. C'est un peu comme si je forçais du Baileys à se mélanger à du citron, ça tranche et ça fait des morceaux.

Je crois que l'alcool me fait dire n'importe quoi. Il fait chaud tout à coup, non ? Le regard de Damien se fait plus insistant et je me demande s'il me prend pour une folle, ce qui me fait d'autant plus paniquer. Où est la sortie ? De l'air !

De l'air, de l'air, c'est juste une question de survie.

Voilà que la mélodie du groupe des L5 tourne en boucle dans ma tête, je ne vais vraiment pas bien. Je balbutie des excuses et fonce à l'extérieur. Une fois dehors, j'aspire une grande bouffée d'air, mais ne parviens pas à calmer ma respiration saccadée. Je prends appui sur le mur pour éviter de perdre l'équilibre et tente quelques exercices de cohérence cardiaque. Inspirer pendant cinq secondes, bloquer l'air durant cinq secondes, expirer pendant cinq secondes.

Damien fait irruption pile au moment où je retiens mon souffle, joues gonflées, joues qui ne tardent pas à se vider comme une baudruche avec un sifflement digne d'une mésange asthmatique.

– Contrairement à ce que vous pensez, je ne suis pas folle. Ni en train d'imiter un poisson-lune.

Il lève les mains comme pour se dédouaner.

– Je n'aurais jamais osé vous traiter de folle. Ni de poisson. Vous me faites plutôt penser à un hamster cela dit. Vous savez, chaque personne ici cache des blessures et des secrets. Vous devriez peut-être laisser tomber votre mission de sauvetage et rentrer chez vous. Il y a des causes perdues et un bateau qui prend l'eau, il faut parfois savoir le laisser couler…

– *Wow*, alors ça, je n'y avais pas pensé. Merci pour l'idée.

Il me tend un verre d'eau et je me radoucis.

– Quand vous parlez de cause perdue et de bateau, vous pensez à Loïc ? Vous n'êtes pas tendre avec lui.

– Je crois que nous devrions éviter le sujet.

– C'est vous qui l'avez évoqué en premier.

– Je ne l'ai pas vraiment évoqué.

– C'était un sous-entendu, c'est pareil, non ?

Nous sommes interrompus par Gustave et Lisbeth qui sortent à ce moment-là du caveau, bras dessus, bras dessous. Oh non, je les connais et je sais exactement ce qu'ils s'apprêtent à faire. Il faut que je les éloigne au plus vite avant qu'ils ne déclenchent un scandale.

– Ils étaient amoureux, ils s'aimaient tous les deux, ils étaient heureux…

Trop tard !

– Duduuuuuule !

Je lance un regard à Damien.

– Je dois y aller, c'est une urgence.

Je les entraîne dans les ruelles avant que tout le village ne puisse entendre leur hymne chargé d'insanités.

De retour au chalet, je suis épuisée et m'assure que les deux vieux ont de quoi s'hydrater, je cache toutes les bouteilles d'alcool et leur sers de l'eau avant de gagner mon antre. Dans ma chambre, je remarque tout de suite que quelque chose ne va pas. Où est-il passé ? J'aurais juré l'avoir posé sur mon duvet hier soir après l'avoir lavé. Je jette un œil sous le lit, mais il n'y est pas. Des lutins de Noël seraient-ils passés durant mon sommeil ?

Lou, tu es ridicule.

À contrecœur, je retourne au salon et c'est là que je vois Gustave, l'objet dans les mains, prêt à l'apposer sur sa nuque. Horrifiée, je manque de faire une crise cardiaque. D'un air parfaitement innocent, il m'explique :

– J'ai entendu des vibrations et j'ai vu cet objet posé sur votre lit alors j'ai voulu essayer ! J'avais lu un article à propos des bienfaits de certaines pulsations sur les rhumatismes ou les courbatures. Et à cause du ski, j'avais mal au dos et aux cervicales. Il faut dire que c'est assez efficace ! Vous l'avez acheté où ?

Sur KissMe, le site spécialisé dans les jouets sexuels, mais je ne peux pas lui avouer ça.

– C'est-à-dire que… je pense que Lou en a davantage besoin que toi, s'amuse Lisbeth. Elle a certainement envie de se détendre.

Moi, j'assiste à la scène, mortifiée. Rouge de honte. Si je pouvais me glisser dans une des chaussettes accrochées à l'âtre et disparaître dedans, je le ferais sans hésiter. La vieille dame saisit le vibro et me le tend avec un sourire bienveillant. J'articule un merci silencieux et prépare mon repli. J'entends

Gustave questionner alors que je retourne ventre à terre dans ma chambre pour planquer mon jouet :

– On pourra s'en procurer un mon amour ?

– Avec plaisir mon chéri ! Ce qui est merveilleux avec cet objet, c'est qu'il est multi-usage !

Comment vais-je tenir le coup ?

Depuis mon arrivée, le bilan est loin d'être fameux :

• Un boulanger qui ne veut pas de ma présence et qui semble en dépression.

• Une jeune vendeuse désespérée.

• Un moniteur de ski dragueur et rancunier.

• Deux petits vieux adeptes de l'abricotine et qui seraient capables de mettre sens dessus dessous un village paisible de montagne. Sans compter qu'ils prennent mes sex-toys pour des engins de massage.

Chapitre 4

Un Grinch dans sa grotte

Entre mon installation, le ski et les dégustations d'abricotine, je n'ai même pas eu le temps de réfléchir à une stratégie pour convaincre Loïc d'accepter mon aide. J'ai fait un déni. Encore. Tandis que je marche pour rejoindre la boulangerie, je réfléchis et imagine un semblant de solution. Finalement, je vais procéder comme s'il était parfaitement normal que je vienne travailler à la boulangerie. Avec un peu de chance, je serai tellement persuasive qu'il y croira et n'y verra que du feu.

En pénétrant *Chez Loïc*, je ne m'attendais pas à trouver l'homme en plein décompte avec la jeune vendeuse.

– Thalia, il y a des erreurs de caisse sur la journée d'hier, on a trop d'argent. Qu'est-ce qui s'est passé ? Ça ne t'arrive jamais d'habitude. Tout va bien ? Je veux dire, tu vas bien ?

Son inquiétude manifeste, sa manière de s'adresser à elle et sa douceur m'étonnent. Pourtant, cela ne fait que confirmer ce que m'avait confié la jeune femme sur le comportement de Loïc et sa prévenance avec elle.

Emuntée, elle cherche certainement des arguments pour avouer à son ami et patron que ce sont les ventes des pâtisseries qui expliquent les rentrées supplémentaires. Je lis du soulagement sur son visage quand elle me voit franchir la porte, elle doit être persuadée que je vais tout lui expliquer et arranger le malentendu. Moi, en tant qu'adulte responsable, sûre d'elle-même et prête à affronter l'homme aigri et grognon dont j'ai fait la connaissance (ce sont les deux seules facettes qu'il m'a dévoilées jusque-là), je fais ce que toute personne saine d'esprit aurait fait… Je fais volte-face et ressors.

Je suis bien mieux dehors sous la neige et profitant de l'air glacial, loin des tensions. Bon, il fait un peu froid quand même. Et je suis ridicule. Je prends conscience de mon attitude pitoyable, et me raisonne. Je ne suis pas si débile. Ou lâche. Je pousse un soupir, grogne contre moi-même, serre les poings, fulmine en me traitant de girouette puis pousse une nouvelle fois la porte.

Loïc lève les yeux, me dévisage d'un regard sévère et souffle de sa voix grave :

– Le retour de la girouette. Alors vous rentrez ou vous sortez ?

Comment sait-il que je viens de me traiter de girouette ? Il n'a pas pu lire dans ma tête tout de même ? Je plisse les yeux, méfiante, mais m'approche tout de même d'eux pour vérifier les comptes puis explique le plus naturellement possible :

– Ce sont les ventes des cupcakes d'hier, c'est tout.

– C'est tout ? Et vous me dites ça comme si c'était normal ? Vous êtes restée ? Je n'ai rien vu, comment ça se fait ?

– Vous posez beaucoup trop de questions d'un coup, je réplique.

Thalia hausse les épaules et lui annonce :

– C'est-à-dire qu'ils se sont vendus tellement vite que, lorsque tu es revenu de ta pause, il n'y en avait déjà plus.

Un brin timide, Thalia me regarde et ose un petit :

– Youpi ?

Je réponds :

– Youpi.

– C'est quoi ce délire ? râle Loïc, ses yeux alternant entre Thalia et moi.

Je lui offre le coup de grâce en affirmant :

– J'ai du travail. Germaine a besoin de vingt cupcakes pour son brunch.

Je me dirige vers le labo, bercée par la douce voix du boulanger qui s'époumone :

– Germaine ? Vous la connaissez ? Mais vous êtes là depuis deux jours. Pourquoi personne ne me répond ? Je suis devenu un fantôme ? C'est quoi ce second délire ?

Quand il me rejoint dans le labo, il me tourne le dos, fait mine de s'affairer, et ne manque pas de me lancer une nouvelle pique :

– Pour la vente, je vous l'ai déjà dit, c'est avec Thalia qu'il faut…

Je pose le bol que j'avais en main pour débuter mes préparations du jour pour réagir parce qu'il me tape vraiment sur le système.

– Oh ça va, vous allez me faire la blague tous les jours ? Un disque rayé, ce n'est pas mieux qu'une girouette, ça tourne dans le vide.

Je rêve ou il vient de sourire ? Furtivement certes, mais il a tout de même souri, je l'ai remarqué parce qu'il a légèrement tourné la tête dans ma direction quand je lui ai répondu.

Le reste de la matinée se déroule en silence, mais je n'ai pas dit mon dernier mot et, au moment où Loïc s'apprête à quitter la boulangerie pour sa sieste, je l'arrête en me mettant sur son chemin. Étonné, il pile devant moi et je sens un léger trouble entre nous. Il est beaucoup trop près de moi. Je crois que ce qui m'étonne le plus, c'est que je ne ressens pas la même gêne qu'avec les autres malgré son caractère de cochon. Je déglutis, mais mes jambes refusent de m'obéir et de prendre de la distance. Loïc respire un peu plus fort. Je baisse les yeux et murmure en mobilisant tout le courage dont je suis capable :

– Je pense que ce serait bénéfique que l'on prenne un moment pour discuter. J'ai pas mal d'idées concernant des recettes que l'on pourrait préparer pour Noël.

– Mmmh.

Il ne répond rien de plus. Comme j'attends un complément, je relève les yeux et trouve son regard puis ose dans un léger sourire :

– Je suis devenue un fantôme ? Pourquoi personne ne me répond ?

À son tour, il dit avec une étrange douceur :

– Je ne savais pas que Manon m'avait envoyé une comique. J'imagine que dans les activités proposées, vous voulez organiser un spectacle de clown ?

– Très drôle. Je suis certaine que vous seriez parfait en assistant pour mon spectacle.

Il se mord la joue pour s'empêcher de sourire encore. Mais le moment de grâce ne dure pas et Loïc ne tarde pas à remettre son masque de protection.

– Sérieusement Lou, j'apprécie vos efforts. Mais je ne veux pas discuter ou prendre du temps pour définir une nouvelle offre avec vous. Je vous laisse faire vos petits gâteaux jusqu'à

Noël, mais je vous demanderai de travailler discrètement et de vous occuper de vos oignons, dans votre coin.

Le charme est rompu et je m'écarte de son chemin sans manquer de marmonner le plus doucement possible pour qu'il n'entende pas :

– Seulement le jour où vous arrêterez votre soupe à la grimace…

Il quitte le labo et je me retrouve seule dans cet espace qui me semble tout à coup immense et, étrangement, je ressens un sentiment qui m'étonne. Loïc a laissé un vide.

Mes yeux parcourent le plan de travail, les fours et les étagères. Tout est propre, bien rangé. Je suis étonnée de voir à quel point il maintient un cadre aussi parfait dans son métier alors qu'à l'intérieur il semble fragmenté en un millier de morceaux.

Je me remets au travail, prépare la commande de la présidente de l'association puis d'autres cupcakes que j'apporte à Thalia pour les disposer en vitrine. Je profite d'un moment de calme pour récupérer les sacs que j'avais soigneusement cachés dans la réserve et lui demande de m'aider à mettre en place notre plan de décoration de la boulangerie. Alors qu'elle sort les guirlandes, les étoiles, les boules de Noël et les sucres d'orge, ses yeux et son visage s'illuminent.

– C'est génial ! Tu sais, avant, on adorait donner une ambiance de Noël à la boulangerie. On mettait des chansons, on accrochait des guirlandes partout. Une fois, on a même organisé un atelier pour fabriquer des Pères Noël en brioche. Qu'est-ce qu'on a ri avec les vieux de l'association…

Mais bien sûr, pourquoi n'y ai-je pas pensé avant ? Nous aussi, nous pourrions mettre en place des ateliers pour Noël *Chez Loïc*. Avec Manon, nous en animons régulièrement à

Paris et ils remportent toujours un franc succès. Même si, de mon côté, je suis restée sceptique, pour ne pas dire sur ma faim, quant à l'atelier rencontre où nous avions formé des groupes dans l'idée de trouver un partenaire. Enfin, pour être honnête, c'était un test pour vérifier le déroulé de l'atelier, et mon début d'histoire avec le collègue de Chloé n'avait finalement rien donné. Malgré son envie d'être en couple, je crois qu'il était toujours amoureux de ma copine… et moi, je n'étais pas prête. À chacun de nos rendez-vous, je me sentais mal à l'aise, empotée et terriblement dépassée. Je ne savais pas quoi lui dire, nos échanges n'avaient rien de naturel et je me demandais sans cesse si le sentiment d'inconfort que je ressentais allait finir par s'estomper. D'ailleurs, serais-je apte un jour à tomber amoureuse ? Et si mes capacités à aimer avaient été mal câblées ? Et si je n'étais pas faite pour vivre ce type d'expérience ? J'ai l'impression qu'il me manque les bonnes pièces à l'intérieur, comme si la mécanique de mon cœur comportait un défaut impossible à réparer. Et puis, je demeure persuadée qu'il n'est pas nécessaire d'être en couple pour être heureuse, non, bien sûr. Mais j'aimerais juste, un jour, savoir comment bat un cœur qui trouve quelqu'un à aimer.

Thalia, qui a grimpé sur un tabouret pour enrouler des décorations autour des poutres anciennes, sollicite mon aide et me sort de mes pensées. J'accroche des boules et des sucres d'orge à chaque support que je trouve et nous terminons en installant quelques guirlandes lumineuses. C'est le moment que choisit Germaine pour pénétrer dans la boulangerie.

– Bonjour Germaine, vous tombez à pic, on allait brancher les guirlandes ! s'extasie Thalia. Il ne nous manque plus que le vin chaud pour que la scène ressemble à un véritable film de Noël !

– Le vin chaud, bien sûr ! je m'exclame.

Les deux femmes me fixent d'un air étonné, mais je ne dis rien de plus pour ne pas m'avancer et énoncer des promesses en l'air. À la place de boissons chaudes alcoolisées, Thalia nous prépare des chocolats chauds que nous dégustons religieusement en observant notre travail. La jeune femme pose sa tasse un instant et se penche pour brancher la prise, mais avant de l'introduire, elle tourne la tête vers nous.

– Mesdames, pour nous mettre dans l'ambiance des fêtes, pourriez-vous chanter une mélodie de Noël ?

J'éclate de rire.

– Je ne suis pas certaine que tu aies envie de m'entendre chanter.

– Allez Lou, c'est juste pour le fun, s'enthousiasme Germaine.

« Juste pour le fun » ? Ce n'est pas une expression de jeunes ? Je n'ai pas le temps de réfléchir à cette épineuse question que Germaine s'époumone déjà sur un chaotique « Entre le bœuf et l'âne gris ». Elle égratigne les notes, ce qui a le don de me décomplexer d'un coup et nous la suivons avec Thalia en chantant faux dans un plaisir non feint. Quant aux paroles, ce n'est pas mieux, nous prenons des libertés et inventons les parties dont nos mémoires refusent de se souvenir.

– Mille anges diviiiins…, hurle Germaine.

– Mille petits pingouins…, complète Thalia.

Cette fois, c'est trop, je les regarde et éclate de rire, bientôt suivie dans mon fou rire par les deux femmes. Nous rions tellement que nous nous tenons le ventre et que nous devons poser nos tasses de chocolat pour éviter de renverser leur contenu.

– « P'tits pingouins », je répète, les larmes aux yeux.

– Mais quoi, il fallait que ça rime, non ? se défend Thalia dans un couinement peu compréhensible entre deux soubresauts.

Nous reprenons notre sérieux, toujours à deux doigts de repartir dans un fou rire (c'est pour cela que j'évite de les regarder) et Thalia branche la prise.

– *Wow*, c'est beau, s'exclame Germaine, les yeux écarquillés.

– Je suis tellement heureuse de revoir la boulangerie comme ça, j'espère que Loïc va être content, se réjouit Thalia en parcourant des yeux les lieux décorés.

Elles ont raison, le résultat est magnifique. Mais ce que je trouve encore plus beau, c'est ce moment que nous venons de passer ensemble, nos rires, leur bonne humeur et leur joie.

Nous attendons le retour de Loïc avec un mélange d'excitation et d'appréhension. À l'heure de son retour, nous le guettons comme deux gamines et Thalia susurre dès qu'elle le voit tourner au coin de la rue :

– Il arrive !

Nous sourions, prêtes à l'accueillir, fières de ce que nous venons d'accomplir. Alors, dès qu'il pénètre dans la boulangerie, nous le fixons avec attention, guettant sa réaction.

Loïc est coupé dans sa course habituelle pour rejoindre le labo, il s'arrête, observe les lumières, immobile. Silencieux. Qu'est-ce qui lui arrive ?

Je commence à me sentir embarrassée, quelque chose cloche. Thalia ne dit pas un mot. J'ose un petit :

– C'est magique, n'est-ce pas ?

Loïc fixe toujours les décorations dans une expression indéchiffrable. Je jette un regard à Thalia. Sa mine a changé.

Le boulanger, lui, est livide. Il sort soudain de sa torpeur.

– Mais pourquoi avez-vous fait ça ? Pourquoi ? Enlevez-les. Tout de suite. Je ne le répéterai pas deux fois.

Je n'y comprends rien. Thalia est tétanisée, elle qui se réjouissait tellement de lui faire plaisir, elle semble lutter contre des sentiments contradictoires. Son visage si joyeux il y a encore quelques minutes affiche désormais un air triste et coupable.

C'est si injuste pour elle que je ne peux pas me retenir :

– C'est quoi votre problème ? Avec Thalia, nous faisons tout notre possible pour plaire à vos clients, pour rendre la boulangerie agréable et pour lui conférer un peu de magie. C'est bientôt Noël enfin ! Nous voulions vous faire plaisir.

– Vous ne savez rien. Mais toi, Thalia, tu le savais, pourquoi tu me fais ça ? Comment as-tu osé penser que c'était une bonne idée ?

Elle ose murmurer :

– Ça fait deux ans Loïc.

Je n'ai aucune idée de quoi il en retourne, mais la détresse du boulanger me déchire le cœur. Il semble désemparé, perdu. D'un coup, il fait volte-face et sort comme une fusée, très vite suivi par Thalia qui lui court après. Je la vois le rattraper, le retenir par le poignet pour le couper dans sa course et le pousser à lui faire face, échanger quelques mots, puis j'assiste à une scène qui me bouleverse.

Loïc s'effondre dans ses bras.

Le lendemain, je me sens mal à l'aise en arrivant à la boulangerie. Poussée par un drôle d'instinct, je me suis levée aux aurores après une courte nuit passée à cogiter et à penser à Loïc. Cette fois, j'en ai marre des secrets et je compte bien trouver des réponses à mes questions. J'ai avalé un café à l'appartement et je n'ai pas tardé à prendre le chemin du travail, plus déterminée que jamais. En réalité, je ne sais pas si l'on peut vraiment parler de détermination, tout ce que je souhaite, c'est soutenir Loïc parce que sa détresse m'a ébranlée, elle a touché ma corde sensible et j'ai envie de me démener pour les aider, Thalia et lui.

Quand j'aperçois le visage fermé de cette dernière, je renonce à mon interrogatoire, craignant d'être trop intrusive. Peut-être est-ce avec Loïc que je devrais entamer le dialogue, une discussion franche et à cœur ouvert ? Mais, vu son sale caractère, je risquerais bien de me retrouver enfermée dans la chambre froide. À l'intérieur de la boulangerie, l'ambiance a changé, il semble manquer quelque chose. Je percute en posant mon regard sur les étals derrière Thalia. Ils sont vides. Il n'y a pas de pain, pas de croissants, et, après être allée déposer mes courses achetées hier soir dans le labo vide, je reviens vers elle.

– Qu'est-ce qui se passe ? Où est Loïc ? Il n'est pas mort au moins ?

Mais pourquoi est-ce que je dis tout haut tout ce qui me passe par la tête ?

– Mort ? Non ! Il est… absent. À vrai dire, il n'a pas dit qu'il était malade, juste qu'il ne viendrait pas et je ne sais pas quoi faire. On ne peut pas fermer la boulangerie plusieurs jours de suite, ce serait une catastrophe.

Nous devons trouver une solution, mais Thalia n'a pas l'air d'être en mesure de réfléchir ou même d'agir, alors, pour une fois, je prends les choses en main. Ce n'est pas mon genre d'être la locomotive, de proposer des initiatives, de gérer les imprévus et d'accepter des responsabilités. Je me considère davantage comme une suiveuse un peu tranquille, un peu rêveuse. Sauf en cas de force majeure, sauf quand je sens que quelqu'un d'autre est encore plus perdu que moi.

Sur un petit panneau, je note que la boulangerie ouvrira un peu plus tard ce matin, emmène la jeune femme dans la partie café, prépare du thé et la fais asseoir près de moi.

– Loïc n'est pas là, mais nous pouvons préparer de quoi manger.

Elle me regarde avec un air dubitatif et je lui explique mon idée :

– Tu peux m'aider et nous allons préparer une offre pour ces prochains jours, le temps que Loïc se remette. Ou qu'il ait envie de revenir.

– Oh mon Dieu, et s'il ne revenait pas ?

– Stop, on arrête tout de suite les plans catastrophe pour se concentrer sur notre travail. Et puis, tu le connais et tu me l'as dit, son travail c'est toute sa vie.

Sa vie. Quel prix a un travail quand c'est sa vie qui est en jeu ? Quand on se sent si mal, si triste, si loin de la réalité que plus rien ne nous retient ? Ces sentiments-là, je les connais. Moi aussi, ils sont déjà venus me hanter. On a beau se trouver un but, bosser comme des acharnés pour s'occuper l'esprit, pour éviter de sombrer totalement, le moment, ce moment de solitude et de non-sens, finit toujours par revenir.

Le soir, dans notre lit, au moment de fermer les yeux. Chaque nuit.

Je repousse mes idées sombres pour réfléchir à toute allure, prends des notes sur un papier, trouve des idées tout en pensant à des recettes qui ne prendront pas trop de temps à élaborer et je parle à voix haute :

– Plusieurs fournées de cupcakes, des cakes, des cookies et des sablés aux abricots. Pour midi, nous pouvons concocter des quiches et des cakes salés au fromage, olives et jambon.

Les yeux auparavant vides de Thalia commencent à s'allumer.

– Moi, je sais faire des tresses au beurre.

– Merveilleux ! Alors nous avons des alternatives pour les petits déjeuners. Je vais aussi préparer des muffins au chocolat et au citron, c'est plus rapide que les cupcakes à cuisiner. C'est parti ?

– C'est parti, répond une Thalia remotivée.

Nous rejoignons le labo et établissons notre plan d'action en fonction des priorités et des premiers clients du matin à servir. Dans un premier temps, nous mélangeons les ingrédients pour les tresses, je suis les indications de Thalia qui m'explique que la pâte doit lever pendant au moins une heure et demie. Pendant qu'elle repose, nous nous mettons à la confection des muffins et des cookies, je repense à une recette de biscuits au chocolat et à la noix de coco très simple à réaliser, dans l'idée de remplir au plus vite la vitrine pour les premiers arrivants.

Nous travaillons comme des folles et enchaînons les fournées les unes après les autres. À huit heures, nous avons déjà installé les premiers muffins et quelques cakes, assurant ainsi les ventes du début de la journée.

En milieu de matinée, je confectionne les quiches et les cakes salés pour le service de midi, puis me remets au travail pour proposer des pâtisseries plus élaborées pour le goûter de l'après-midi. Fondant au chocolat et tarte au citron feront l'affaire pour ce premier jour. J'ai hésité à préparer des paris-brest parce que je les adore, mais avec la fatigue et le stress accumulés depuis le matin, j'ai renoncé à me lancer dans une pâte à choux. Le paris-brest, nommé ainsi pour rendre hommage à une course de vélo, se serait pris beaucoup trop de bâtons dans les roues…

Quand nous fermons boutique à dix-neuf heures, je ne vois plus mes mains, mes bras me font souffrir et je peine à tenir debout. Thalia est dans le même état que moi et nous nous retrouvons pour faire le point de la journée devant une théière et un plateau de biscuits.

– Je vais mourir, souffle-t-elle. Je n'ai même pas la force de soulever ma tasse, de l'amener à mes lèvres et de boire.

De mon côté, je prépare les comptes, vérifie la caisse et félicite Thalia pour le résultat de la journée. Nous nous en sommes sorties comme des cheffes !

Avant de partir, je remarque que Thalia n'a fait qu'émietter son cookie. Elle n'en a pas mangé une bouchée, certainement trop inquiète pour Loïc.

Dans les ruelles, les féeries de Noël confèrent au village une ambiance chaleureuse. D'immenses sucres d'orge s'accrochent aux chalets, des étoiles lumineuses brillent au-dessus de nos têtes, des bonshommes en biscôme géant et des bottes rouges de père Noël apparaissent à chaque coin de rue.

Je me surprends à sourire. Pour la première fois depuis le début de la semaine, je me sens utile, j'ai l'impression d'avoir contribué dans la mesure du possible à aider Thalia et Loïc. Quoique… je les ai aidés de manière superficielle. J'ai évité le naufrage en colmatant la brèche avec du scotch.

Du scotch ? Compte tenu des problèmes que rencontre Loïc, il ne faut pas s'appeler Freud pour déduire qu'il souffre en ce moment. Ce qu'il lui faudrait, c'est beaucoup plus que du papier collant. J'arrive à l'appartement et franchis la porte avec une seule idée en tête : me mettre au lit sans même me déshabiller. J'avais oublié un détail. Les petits vieux qui me servent de colocataires ont plus d'énergie qu'une centrale nucléaire. En m'entendant entrer, d'ailleurs je me demande comment ils peuvent avoir l'ouïe aussi opérationnelle (et encore, quand ça les arrange), je suis accueillie par un enthousiaste :

– Loulouuuu !

Apparemment, j'ai même droit à un nouveau surnom.

– Oui, Gustave ?

Je marche jusqu'au salon et le découvre assis sur le canapé avec ses lunettes sur le nez, un dictionnaire dans les mains. Il arbore un air malicieux quand il me demande :

– *Wie gots ?*

Lisbeth qui est installée à côté de lui m'observe avec attention, guettant ma réaction. Je fronce les sourcils. Qu'est-ce qui leur prend encore ? Je me tourne vers elle pour lui demander :

– C'est quoi ce bruit ? Vous venez de lui donner le biberon et c'est sa manière de vous montrer qu'il a bien digéré ?

Ils s'esclaffent.

– Gustave s'est pris de passion pour le suisse-allemand !

– Le quoi ?

Le petit vieux m'explique, passionné par son sujet :

– Le suisse-allemand ! Vous saviez qu'il y a quatre langues nationales en Suisse ? Le français, l'italien, le suisse-allemand et le romanche.

– Grand bien vous fasse.

– Vous avez l'air fatiguée mon petit, remarque Lisbeth. Je vais vous préparer de quoi grignoter.

J'avais oublié à quel point c'était agréable de se laisser chouchouter et m'effondre dans le canapé à côté de Gustave pendant que Lisbeth s'affaire dans la cuisine.

– *Du bisch mis chline Schatzeli !*

– Lisbeth, revenez vite, Gustave fait une crise !

– Cela signifie « tu es mon petit trésor », si c'est pas adorable. Quelle langue chantante, vous ne trouvez pas ?

– On dirait plutôt que vous êtes malade.

Lisbeth revient avec une assiette sur laquelle elle a disposé des morceaux de fromage, du pain et un peu de viande séchée, et je dévore ce casse-croûte bienvenu tout en leur expliquant les derniers événements survenus à la boulangerie ainsi que mon envie de trouver des activités de Noël à proposer pour animer le lieu. Gustave pose son dictionnaire, réfléchit et s'illumine avant de proposer :

– Faisons un jeu ! On note toutes nos idées et nos propositions sur des petits billets, on les met dans un bonnet, on les mélange et on les tire les unes après les autres pour les lire à haute voix. Vous garderez les meilleures !

Le jeu est accepté à l'unanimité et malgré mon épuisement, nous nous affairons à écrire tout ce qui nous passe par la tête. Une dizaine de minutes plus tard, Lisbeth réunit nos papiers et les brasse avant de faire passer le bonnet de mains en mains. Elle tire la première proposition.

– « Organiser un concours de pulls de Noël moches » !

Classique, amusant, j'écris l'idée sur mon calepin tout en réfléchissant au fait qu'il faudrait ajouter un atelier pratique pour que cela soit pertinent. On pourrait coupler le défi avec une soirée de cours de pâtisserie.

À mon tour de saisir un billet et je retiens un rire alors que je lis :

– « Fabriquer des guirlandes de limaces au lieu de guirlandes de sapins » ?

Je tourne la tête dans sa direction et gronde gentiment :

– Gustave.

Il hausse les épaules dans un sourire, ajoute que cela pourrait être original et déplie le papier suivant.

– « Des ateliers de fabrication de bûches de Noël, de biscuits et de biscômes ». On pourra venir ?

Évidemment, les deux compères me connaissent et savent que je suis l'instigatrice de la proposition.

– Bien sûr que vous pourrez venir Gustave !

– Très bonne idée Lou, confirme Lisbeth. On pourrait en parler à Germaine, je suis sûre que les membres de l'association seraient ravis de participer à ce type d'événements ou d'en parler autour d'eux pour vous faire de la pub.

C'est parti pour un nouveau tour de bonnet. Lisbeth tire un billet qui propose une distribution de cadeaux et j'enchaîne en attrapant un carré de papier que j'ouvre, découvre un dessin d'un mort-vivant plutôt approximatif et déchiffre à voix haute :

– « Un jeu grandeur nature de zombies » ? Ça ne colle pas vraiment avec l'ambiance de Noël, Gustave !

Je plisse les yeux pour voir si je distingue plus clairement les bras et les jambes du mort-vivant que j'ai sous les yeux.

– Votre dessin ressemble un peu à un extraterrestre.

– Et si on déguisait tous les zombies en costume rouge ? Avec de fausses barbes blanches ? Et puis, mon dessin est très bien, c'est vous qui le regardez à l'envers !

Je retourne le papier, mais ce n'est pas mieux. Gustave s'enthousiasme quand il découvre les mots inscrits sur le billet suivant.

– « Une gamme de bûches de Noël » ?

C'est une idée de Lisbeth et je l'adore. Comment n'y ai-je pas pensé plus tôt ? Nous sommes déjà à trois semaines de Noël et j'ai encore beaucoup de travail pour étoffer la nouvelle offre de gâteaux.

Chapitre 5

Un plan de bataille et du chocolat chaud

Cela fait trois jours que nous gérons la boulangerie avec Thalia en l'absence de Loïc. Nous avons mis en place une routine qui nous permet d'absorber au mieux la somme de travail à réaliser. Les clients apprécient nos pâtisseries, mais je sens qu'il leur manque quelque chose. Au début, je pensais naïvement qu'il s'agissait de leur pain préféré ou de leur croissant du matin, mais je prends conscience qu'en réalité ils s'inquiètent pour Loïc. Chaque jour, un nouvel habitant du village nous questionne sur le boulanger pour savoir comment il se sent, s'il a besoin de quelque chose ou s'il peut l'aider d'une manière ou d'une autre. Apparemment, il est très apprécié malgré sa sauvagerie et son isolement récent. Le mystère autour de lui ne cesse de grandir.

Quelle n'est pas notre surprise quand, ce matin, alors que nous sommes en train de disposer nos premiers produits en vitrine, nous voyons Loïc franchir la porte de la boulangerie. Ce qui m'étonne le plus ? Je suis contente de le revoir.

Mais qu'est-ce qui me prend ?

Tout naturellement, je lui demande :

– Vous allez mieux ?

Il ne me répond pas, il regarde, immobile, la vitrine avec nos tresses et nos gâteaux. Puis, il s'emporte :

– C'est quoi ce bordel ? Qu'est-ce que vous avez fait ? J'ai une réputation à tenir et vous, vous proposez des biscuits et des tresses dans mon magasin ? Vous risquez de mettre en péril ma notoriété en vendant des produits qui ne sont pas qualitatifs.

Je dois être en train de rêver. Juste pour en être certaine, je me pince l'avant-bras. Ah non, ce n'est pas un rêve et Loïc a vraiment osé insulter notre travail. Ce qui me donne le droit et la légitimité… d'exploser :

– Trrr !

Oh non, pas le tracteur, ce n'est pas le moment. Je me concentre et, sous les yeux ahuris de Thalia et de Loïc, je parviens enfin à exprimer tout ce que j'ai sur le cœur :

– Pardon ? Cela fait trois jours qu'on se tue à la tâche pour faire fonctionner votre entreprise. On a travaillé quatorze heures quotidiennement pour tout faire à deux et proposer des pâtisseries et des alternatives pour que vos clients trouvent de quoi manger. C'est votre absence et votre attitude qui risquent de mettre en péril votre réputation. Pas nous, pas Thalia. Et puis, au cas où vous l'auriez oublié, je travaille dans l'une des boutiques de cupcakes les plus réputées de Paris. Je sais fabriquer de bonnes pâtisseries même si je ne suis pas parfaite. D'ailleurs, vous le sauriez si vous vous étiez donné la peine de les goûter.

Thalia est au bord des larmes, Loïc ne bouge pas et moi, je bouillonne de colère tandis que je crache une dernière tirade :

– Restez dans votre marasme, vos habitudes et votre tristesse. Vous pouvez compter sur moi pour terminer la mission et fabriquer des cupcakes jusqu'aux fêtes de Noël parce que je l'ai promis à Manon, mais ne m'adressez plus la parole. On va faire exactement comme vous le souhaitiez : chacun reste dans son coin. Moi aussi, j'ai mes limites et vous venez de les dépasser.

Je fonce dans le labo sans me retourner alors que Loïc s'époumone :

– Et pour votre gouverne, je ne suis pas triste !

La journée se déroule dans une ambiance morne et grise. Je n'ai plus aucun enthousiasme à préparer mes cupcakes. D'ailleurs, ma crème au beurre est tranchée et je dois la recommencer, j'évite de justesse de brûler ma première fournée de muffins et à midi, l'air est tellement irrespirable malgré les bonnes odeurs de beurre et de cannelle qui flottent autour de moi que je déclare forfait. Je décide de quitter mon poste de travail pour rentrer au chalet et me mettre au lit.

Pourtant, une fois sous ma couette, impossible de fermer l'œil pour dormir. Je zone donc sur Instagram, réponds à mes *followers* et poste une nouvelle publication avec la recette de la tresse au beurre de Thalia que j'avais tournée à la boulangerie hier. Un immense découragement me saisit. Et quand je suis dans cet état de fatigue et de déprime, je dramatise en dressant un bilan désastreux de ma vie.

Copines : trop loin pour venir passer la soirée avec moi et noyer mon chagrin dans les mojitos.

Job : un désastre.

Vie amoureuse : un désastre fois mille.

Le soir venu, Gustave et Lisbeth font une tentative pour me sortir du lit et m'emmener à une réunion de l'association, argumentant que Germaine possède des réserves d'abricotine qui me remonteraient le moral, mais leur enthousiasme ne suffit pas à m'insuffler suffisamment d'énergie pour me lever.

À peine sont-ils partis que j'entends du bruit à l'entrée du chalet. Nous sommes début décembre, il est bien trop tôt pour le Père Noël ! Le village entier s'est-il donné pour mission de me rendre la vie impossible ? Je plaque mon coussin sur ma tête dans l'espoir d'atténuer les coups secs qui me parviennent comme un tambourinement régulier.

Bam, bam, bam.

Cela ne s'arrête pas. J'ai envie de hurler.

Après quelques secondes de pause, les frappes reprennent. Non ! Je crois que...

Je n'affabule pas, le son provient de la porte d'entrée. Il y a quelqu'un qui frappe dessus de toutes ses forces. Et il est drôlement persévérant. Je ne répondrai pas, non, qu'ils me laissent tous en paix.

Au bout de dix minutes, je craque, balance ma couverture d'un mouvement brusque, fonce vers l'entrée bien décidée à faire fuir l'intrus en hurlant le plus méchant « trrr » dont je suis capable, remarque ma tête hirsute dans le miroir près du portemanteau (tant mieux, mon apparence de furie m'aidera dans ma mission) et déverrouille en m'époumonant d'une traite :

– Il est beaucoup trop tôt pour venir déposer les cadeaux, vous ne pouvez pas être le Père Noël...

J'ouvre la porte tout en poursuivant mon délire :

– Alors rentrez chez vous !

La personne qui se tient sur le palier ne comprend apparemment pas pourquoi je le compare au Père Noël. Il a l'air interloqué et questionne :

– Les cadeaux ?

Devant moi se dresse Loïc.

Un Loïc qui me détaille des pieds à la tête avec une mine sérieuse et qui semble faire abstraction de mes cheveux. Que l'on soit clair, ceux-ci ont l'air de s'être mués en oursins avec des piques qui partent dans tous les sens autour de mon crâne. Ce sont les seuls qui doivent s'éclater en ce moment.

Je pense qu'il était troublé de me voir apparaître après dix minutes de frappe intensive contre cette pauvre porte et que ma tirade l'a quelque peu ébranlé. Quelques longues secondes plus tard, il demande enfin :

– Je peux vous parler un instant ?

Je le dévisage, repense à son comportement et à sa réaction lors de son retour à la boulangerie et réponds le plus naturellement du monde :

– Non, merci.

Je m'apprête à lui claquer la porte au nez, mais son ton devient suppliant :

– S'il vous plaît, Lou.

Et merde. Son regard me bouleverse et m'émeut alors j'abdique pour le moment, je soupire et m'écarte pour le laisser entrer, à regret. Il me suit jusqu'au salon où il s'assied sur le canapé et je lui propose un verre de vin :

– Je ne bois pas. Enfin, plus… Si vous avez du thé par contre, je ne dis pas non.

Dans la cuisine, je ne me gêne pas pour me servir un verre de vin blanc, espérant que les quelques gorgées que j'avale avant de le rejoindre m'aideront à me détendre un peu et à ne pas lui envoyer une guirlande sur le nez pour lui signifier ma contrariété, voire pire, ma colère. En revenant dans le salon, je tente de maîtriser le tremblement de mes mains et de garder le contrôle du plateau que je tiens fermement.

Je le dépose un peu brusquement sur la table basse et quelques gouttes d'eau chaude débordent de la tasse.

Loïc se concentre sur l'ouverture du sachet de thé et j'ai l'impression qu'il profite de ce temps pour réfléchir et pour rassembler ses pensées. Je l'observe et attends qu'il débute la conversation, mais ses yeux sont fixés droit devant lui sur sa boisson fumante. Les secondes s'écoulent dans le silence.

Il encercle sa tasse avec ses mains, la porte à ses lèvres pour avaler une gorgée, la repose. C'est maintenant. Il lève enfin le visage vers moi, respire un peu plus fort, prend une grande inspiration, et mon cœur manque un battement alors que ses yeux se rivent aux miens.

– Thalia m'a confié tout ce que vous avez fait à la boulangerie durant mon absence. J'ai été un vrai connard. J'aurais dû vous remercier au lieu de m'en prendre à vous. Encore.

Je ne l'ai jamais entendu s'exprimer avec autant de douceur et je suis déstabilisée. Comme il se montre honnête avec moi, il est peut-être temps que je fasse la même chose.

– Je ne vous comprends pas Loïc.

Il cille, mais il me laisse continuer :

– Depuis le début, vous semblez vous protéger en rejetant et en éloignant tout le monde de vous. Moi, les clients, les villageois. On dirait que vous les détestez alors qu'eux, ils ne demandent qu'à vous aider…

– C'est peut-être parce que je les déteste un peu, en effet.

– Pourquoi ?

– Parce qu'ils n'ont pas toujours été loyaux et que je ne supporte pas l'hypocrisie. Parce que, parfois, ils protègent les mauvaises personnes et que je ne suis pas d'accord avec ces choix.

– Je ne saisis pas…

Il passe une main dans ses cheveux, son air de colère se mue en tristesse, il fixe le mur quelques secondes puis baisse la tête.

– Écoutez, Lou, il y a deux ans, j'ai perdu quelqu'un, quelqu'un de très cher à mon cœur. Ici, dans la montagne, pendant les fêtes de Noël. Et depuis, plus rien n'est pareil, la vie n'a plus la même saveur. À la suite de ce drame, j'ai été très déçu par les réactions des habitants, j'ai attendu un soutien qui n'est jamais venu.

– Je suis désolée pour vous.

J'ignore comment rebondir après sa confidence, je ne saisis pas les liens entre ses propos, mais je ne suis pas du genre à pousser les confessions même si j'ai plusieurs questions qui me taraudent. Alors, je fais la seule chose qui me semble apporter un peu de réconfort dans les moments difficiles et me lève pour aller chercher des cupcakes. J'en dépose un devant lui, il le porte à ses lèvres, mord dedans et ferme les yeux pour le savourer.

– Pain d'épices, crème légère avec une note subtile de vanille. C'est très bon.

– Merci.

Encore un silence. Mais celui-ci est plus doux que les précédents. Il n'est plus synonyme de malaise, mais d'apaisement. Loïc ouvre les yeux et son regard détaille les alentours. C'est là que je l'aperçois. Mon cahier avec les idées notées hier pour les activités de Noël, posé sur le fauteuil à côté de nous. En grand, j'avais écrit le titre : « Noël à la petite boulangerie de Loïc » (je suis fan de Jenny Colgan), impossible de passer à côté. Le boulanger a les yeux rivés dessus.

– Qu'est-ce que c'est ?

Il saisit le cahier et commence à lire :

– « Concours de pulls moches, guirlandes de limaces… »

– Rendez-moi ça !

– « Ateliers bûches de Noël, biscuits et biscômes » ? « Jeu de zombies déguisés en Père Noël » ?

Là, il se mord la joue pour ne pas sourire.

– C'est une idée de Gustave, le petit vieux qui habite avec moi.

– Vous habitez avec un petit vieux qui veut organiser un jeu de zombies géant à Grimentz ?

– Je rêve ou vous vous fichez de moi ?

– Pas du tout ! Ce Gustave, il existe vraiment ou il habite dans votre tête avec des lutins ?

Comme il est drôle.

– Je ne suis pas dingue ! Je suis venue à Grimentz avec Lisbeth et Gustave, deux nonagénaires en quête d'aventures.

Il sourit pour de vrai maintenant et, dans un moment d'inattention, je parviens enfin à lui reprendre mon carnet des mains et lui explique :

– Je voulais réfléchir à l'organisation d'ateliers dans la boulangerie. Pour préparer Noël. Mais je vous connais un peu et vu que vous avez déjà du mal avec ma présence, j'imagine que…

Il me coupe :

– C'est une bonne idée.

– Pardon ?

Je n'en crois pas mes oreilles. Il a vraiment dit « bonne » et « idée » dans la même phrase en évoquant ma proposition ?

– Qu'est-ce qui vous prend, vous avez chopé le chikungunya ?

– Non, vous avez carte blanche, mais il ne faut pas tarder, Noël est dans trois semaines.

– Il faut surtout que je me dépêche avant que vous ne changiez d'avis.

Il me jette un regard en coin. Ses yeux ont retrouvé un peu de vie et pétillent de malice.

– Merci pour votre énergie et votre implication.

Je le regarde comme s'il était possédé et, inquiet, il me demande :

– Quoi ?

– Je ne savais pas que vous connaissiez ce mot.

– « Implication » ?

– Non... le mot « merci ».

Il lève un sourcil dubitatif et il m'observe comme pour me jauger. Apparemment, il commence à se faire à nos taquineries et il sourit d'un air entendu.

Moi, je me sens toute drôle. Son sourire là, il est plutôt pas mal. Mon cœur s'emballe, je dois être en train de faire une crise cardiaque. L'hôpital le plus proche est dans la vallée, le temps de redescendre, je serai morte.

Nul doute possible, je suis troublée par son expression, par son sourire et par sa présence. Je me calme, mais une agréable sensation de bien-être m'envahit. Qu'est-ce qui m'arrive ?

Je crois que je le sais très bien, mais je refuse ce sentiment. Haha. S'enticher d'un homme qui habite à des centaines de kilomètres de Paris, qui ne va pas très bien et qui me supporte à peine. Non, c'est un sketch. Dans le genre histoire impossible, on ne fait pas pire. La vache, ma psy sera ravie d'entendre cette histoire à mon retour.

Quand il prend congé et qu'il s'en va, j'arrive au prix d'un effort considérable à lui répondre un « bonne nuit » qui sonnait plutôt comme un « bni ».

Le lendemain matin, le plan de bataille est lancé et j'organise une réunion au sommet à l'appartement avec Thalia, Germaine, Gustave et Lisbeth prévue pour le soir même.

Toute la journée, je cogite sur le rôle de chacun.

Germaine pourrait être notre porte-parole auprès des villageois, avec ses connaissances du tissu régional et son réseau, elle assurera la communication de nos projets.

Thalia a démontré son intérêt pour la pâtisserie et je compte lui demander de m'aider pour l'animation des ateliers, quant à Gustave et Lisbeth, je leur réserve une petite activité des plus sympathiques.

J'ai pensé à de la vente de chocolat artisanal et de vin chaud avec un petit stand à l'extérieur de la boulangerie, mais, après m'être renseignée, nous aurions besoin d'une autorisation pour la vente d'alcool. Je compte sur Germaine pour trouver une solution et, connaissant désormais sa détermination et ses aptitudes de négociatrice, je suis certaine qu'elle pourra nous aider sur ce coup-là.

Le soir venu, je suis remontée à bloc et prête à dérouler un argumentaire en béton à chacun des convives.

L'appartement bouillonne déjà d'animation lorsque je rentre. À peine dans le hall, j'entends Gustave prononcer des mots incompréhensibles. Il doit nous refaire une crise de suisse-allemand. Je rêve ou j'entends Germaine éclater de rire ? Je les rejoins au salon et découvre le petit vieux, un crayon dans la bouche, et la présidente de l'association pliée en deux de rire. À côté d'eux, Lisbeth s'affaire à bricoler des têtes de Père Noël à l'aide de rouleaux de papier-toilette. Tout est normal.

– *Y aé que a aide à prononcer…*, justifie Gustave en montrant le crayon entre ses dents.

– Il fait un AVC ?

– Il paraît que ça aide à prononcer, traduit Lisbeth.

Germaine rit encore tellement qu'elle n'arrive pas à articuler un mot, elle me salue donc d'un geste de la main. Gustave finit par retirer l'ustensile de son dentier, heureusement que celui-ci est resté en place, et m'explique que Germaine, d'origine bernoise, a accepté de lui donner des cours de suisse-allemand.

Je les laisse à leurs occupations pour m'occuper de l'apéritif et prépare des miniquiches au potiron, coupe quelques belles tranches de pain acheté à la boulangerie et des morceaux de tomme aux herbes de la région, et me lance dans la confection d'éclairs fourrés à la crème vanille. Pâte à choux, crème pâtissière et glaçage, je calcule qu'il me faudra un peu plus d'une heure pour assurer leur fabrication. Mais l'idée de gâter mes convives me ravit, c'est ma façon à moi de les remercier pour les services que je m'apprête à leur demander.

Thalia arrive au moment où je termine le glaçage. Lisbeth et Gustave s'affairent pour m'aider à tout installer dans le salon, ils préparent des verres, ouvrent une bouteille de blanc et de rouge, servent tout le monde. Les quatre paires d'yeux rivés sur moi provoquent une angoisse que je réfrène en trinquant avec eux et en les remerciant d'être là.

– Attendez avant de nous remercier, on n'a pas encore accepté de jouer les rennes du Père Noël et de tirer un traîneau.

Lisbeth lui donne un coup de coude.

– Allez-y mon petit, ne prêtez pas attention à Grincheux, nous sommes tout ouïe. En plus, je suis certaine que tu trouveras très amusant de mettre un nez rouge qui clignote et un diadème avec des cornes, glisse-t-elle à Gustave en penchant la tête vers lui.

– Oh oui ! Vous pourriez m'appeler Rudolph ! Lou, vous allez me trouver un nez qui clignote ?

– Ce n'est pas prévu pour le moment, Gustave. En revanche, je pensais vous demander de gérer un stand de chocolat et de vin chauds quelques heures par jour.

– Je pourrais y ajouter ma touche, propose Gustave enthousiaste.

– Quelle touche ? Vous comptez fabriquer des figurines de zombies et faire du *cross-selling* ?

– Le *cross*, c'est trop dangereux !

Il réfléchit puis annonce solennellement :

– Je veux garder le secret pour l'instant, mais j'ai une très bonne idée. Les grands chefs ne révèlent pas leur recette. À toi, je te le dirai ma bichette, susurre-t-il à Lisbeth.

Je demeure sceptique et me demande bien ce qu'il mijote (c'est le cas de le dire), il faudra que je garde un œil sur eux. J'expose ensuite mes idées à Germaine et demande à Thalia si elle est partante pour animer les ateliers pâtisserie avec moi au rythme d'une fois par semaine, le soir. Elle tape dans ses mains, ce qui, d'après ce que j'ai remarqué, est un signe évident d'enthousiasme chez elle.

Notre soirée est soudain troublée par quelques coups frappés à la porte. Étonnés, nous nous regardons et Gustave murmure comme s'il s'agissait du plus grand secret de l'humanité :

– Lou, c'est le Père Noël.

– C'est trop tôt pour le Père Noël, je réponds avant de me lever pour aller ouvrir en me disant que je devrais trouver une nouvelle tirade.

Derrière la porte, je découvre Loïc, emmitouflé dans une veste, un panier de petits pains dans les mains. Cela fait deux fois qu'il me fait la surprise de venir à l'improviste, c'est louche. Je ne dis rien et quelques secondes s'écoulent dans le silence tandis que nous nous fixons. Il y a quand même beaucoup de silence entre nous, mais je crois que je préfère ça à ses grognements. Il dit d'une voix basse :

– Vous avez l'air étonnée de me voir.

– C'est-à-dire que… je vous pensais trop occupé. Pour être tout à fait honnête, je pensais plutôt que vous ne seriez pas intéressé par l'organisation de ces nouveautés.

– Thalia m'a prévenue que vous vous réunissiez ce soir.

Je ne bouge toujours pas et reste plantée devant lui. Sa voix est encore plus grave quand il dit dans un souffle :

– Ce serait bien que vous me laissiez une chance…

Je le regarde, sous le coup de l'émotion et de l'étonnement, et je me décale pour le laisser entrer, ses mots résonnant dans ma tête. Tous les yeux se tournent vers nous quand nous rejoignons les autres invités dans le salon. Gustave est le premier à réagir :

– Ah non, ce n'est pas le Père Noël, c'est un bûcheron ! *Grüessech !*

– Il est beau le bûcheron, complimente Lisbeth.

Elle se décale pour laisser une place sur le canapé à Loïc qui semble hésiter à s'installer entre les deux petits vieux.

– Ils ont l'air bizarre, mais je vous assure qu'ils ne mordent pas, je lui promets alors qu'il s'assied le plus délicatement possible.

– On mord seulement sur commande, glisse malicieusement la petite vieille avec un air taquin.

– Lisbeth, laissez-le tranquille et mordez Gustave si ça vous chante !

Germaine quant à elle a l'air contente de le voir et, pour mieux l'intégrer dans les préparatifs, je lui explique ce qui a été discuté jusqu'ici. Il acquiesce et valide notre plan de Noël avec une motivation que je ne lui connaissais pas.

Petit à petit, on dirait qu'il reprend goût à cette effervescence, à ces petites idées qui donnent un supplément de motivation et qui apportent un brin de lumière au quotidien. Il suggère même de m'aider à fabriquer quelques biscuits et, tout en proposant des recettes, il avance sa main pour saisir un éclair qu'il déguste avant de me regarder.

– C'est vous qui les avez préparés ?

J'acquiesce, tout à coup sur le qui-vive. Je crains qu'il profère une remarque acerbe ou une critique de son cru. C'est quoi mon problème ? J'ai toujours peur de ne pas être à la hauteur, de décevoir, de me planter, de ne pas correspondre aux attentes. Mon costume d'imposteur me donne parfois l'impression qu'il a été cousu sur ma peau tant j'ai du mal à m'en débarrasser. Mon sang pulse dans mes veines et ma bouche devient sèche, quant à ma pression artérielle, elle doit se dire qu'elle est en train d'assister à un concert de DJ Snake, elle fait des bonds les bras en l'air.

Il reprend un morceau qu'il mâche lentement entre ses dents et ajoute alors que je suis pendue à ses lèvres :

– Ils sont délicieux. J'adorerais les ajouter à la gamme de cupcakes que vous proposez à la boulangerie.

Elles sont pas mal ses lèvres, d'ailleurs. Bien cachées sous sa barbe, mais je les devine pulpeuses, elles me donnent envie de…

Merde ! Je me suis fait griller par Lisbeth. Elle a remarqué l'attention que je portais à la bouche de Loïc, j'en suis sûre. Elle a ce petit sourire en coin et cette lueur dans l'œil. Je la connais suffisamment pour savoir qu'elle est capable de mettre les pieds dans le plat aussi facilement que Gustave s'enquille des abricotines. D'ailleurs, ça ne manque pas et elle part au front, comme un vaillant Cupidon :

– Dites-moi Loïc, à part les vacanciers, j'ai l'impression qu'il n'y a pas beaucoup de jeunes gens à Grimentz. Ce ne doit pas être évident de faire des rencontres.

Il manque de s'étrangler avec son thé devant l'aplomb de la petite vieille, pas dupe pour un sou de l'interrogatoire qu'il s'apprête à subir. Il garde néanmoins son calme, mais je remarque un changement presque imperceptible dans son attitude, il se redresse, ses traits se figent. Il répond du ton le plus neutre possible :

– Pour les hommes qui veulent s'amuser, il y a de quoi faire. Pour ceux qui cherchent une histoire plus sérieuse, je ne sais pas. Je reste persuadé que le destin met sur notre route les bonnes personnes au bon moment.

– Je plussoie, acquiesce-t-elle en me lançant un regard lourd de sous-entendus.

Heureusement, il est déjà tard et je coupe court à la discussion, tout en empilant des assiettes :

– Bon, il se fait tard et nous avons beaucoup de travail demain. Je pense qu'il est temps d'aller tous nous reposer !

Nous faisons quelques allers-retours à la cuisine tout en encourageant Gustave, Lisbeth et Germaine à aller se coucher. J'invite Thalia à faire de même et à rentrer chez elle pour qu'elle soit en forme demain matin et elle accepte, me prend dans ses bras et me souhaite une bonne nuit.

Il ne reste plus que Loïc et moi dans la cuisine.

– Vous devriez aller vous coucher vous aussi, vous vous levez tôt demain.

– Dans quelques heures à vrai dire.

Pourtant, il ne bouge pas. Je lève les yeux sur lui et nous nous observons dans le silence.

– J'ai envie de vous aider. De rester quelques minutes de plus…

– Pourquoi ?

– Parce que cela faisait longtemps que je ne m'étais pas senti comme ça.

– Qu'est-ce que ça veut dire « comme ça » ?

– Vous posez beaucoup trop de questions d'un coup.

Je souris à l'évocation de ma tirade de l'autre jour et il fait de même. J'accepte qu'il ne réponde pas, mais je crois que j'ai compris ce qu'il voulait dire.

Devant l'évier, il commence à nettoyer avec précaution mon matériel de pâtisserie tandis que je saisis un chiffon pour essuyer les ustensiles qu'il me tend au fur et à mesure.

Il se tient à côté de moi, si près que son épaule touche la mienne. Ce contact m'électrise, je n'ose pas le regarder, je ne bouge pas d'un millimètre, savourant cette proximité dont je n'ai pas l'habitude, mais qui me plaît, à ma plus grande surprise.

Ces derniers jours, j'ai découvert un autre Loïc, une facette de lui qui m'émeut et me touche, une sensibilité et une humanité que je n'avais pas vues de prime abord à cause de son comportement abrupt et de son armure si bien construite qu'elle me semblait infranchissable.

Je murmure :

– Je suis prête à vous laisser une chance.

Ses lèvres s'étirent dans un sourire et nous restons là, côte à côte, à ranger la vaisselle, le plus lentement possible.

Chapitre 6

Du vin chaud façon Gustave

En ce lundi, je dresse la table du stand extérieur avec Thalia. Nous installons une caissette avec un fond de monnaie pour la vente et déposons la marmite de chocolat, la marmite de vin, l'autorisation en poche délivrée grâce à Germaine le matin même, et des gobelets en carton. Pour la décoration, nous disposons des branches de sapin, des lumignons et des guirlandes rouges, puis attendons l'arrivée de nos deux petits vieux pour les briefer. Je suis en train de m'affairer et de garnir une assiette de biscuits de Noël quand j'entends Thalia pouffer. D'un rire discret, elle part en fou rire et ne parvient plus à dire un mot. Tout à mon questionnement quant à la provenance de son hilarité, je la dévisage, mais elle ne tarde pas à pointer du doigt l'objet du délit.

C'est là que je les vois.

Gustave et Lisbeth. Surprise par cette vision, je me mords l'intérieur des joues et tente de reprendre le contrôle de ma respiration, mais je ne tiens pas longtemps et éclate de rire, expulsant dans un bruit d'explosion tout l'air contenu dans ma bouche.

Gustave porte des collants verts, un pantalon bouffant orange et des chaussures à bout pointu couvertes de grelots. Il est coiffé d'un chapeau haut de forme et porte une sorte de redingote verte.

Lisbeth se tient à côté de lui, déguisée en fée avec un tutu rose, une grosse doudoune blanche, un chapeau pointu avec un long voile, et arbore une baguette magique surmontée d'une étoile à la main. Mais un détail fait définitivement éclater ma dernière retenue : ses collants rouge et vert bariolés.

– Nous sommes des lutins-fées du Père Noël, s'exclame Gustave, fier comme un paon.

– Vous êtes très beaux, se reprend Thalia en essuyant une larme au coin de son œil.

– Moi aussi j'ai ri en voyant le déguisement de Gustave, confie Lisbeth.

– Je n'ai trouvé qu'un pantalon orange ! Ils étaient en rupture de stock pour le rouge. C'est original, non ? dit-il en remuant le pied droit, faisant tinter les grelots.

– Vous êtes parfaits tous les deux, je leur affirme en les serrant dans mes bras.

– On s'est dit qu'on attirerait davantage l'attention avec nos costumes, explique Gustave.

– Et vous avez bien raison, vous êtes magnifiques !

Même si nous avons ri en les voyant à cause de leur excentricité, j'admire leur dévotion et leur originalité. Ces deux petits vieux sont incroyables et me fascinent chaque jour un peu plus.

– Et puis, j'ai aussi trouvé ça !

Gustave sort de sa poche une grosse cloche dorée et la fait résonner en soufflant un « ho ho ho » digne d'un film de Noël.

– C'est pour attirer le chaland, explique-t-il.

Il ne faut pas longtemps pour que les deux compères se fassent remarquer et écoulent la totalité de la marmite et du chocolat chaud. Grâce à eux, à la qualité du chocolat et aux biscuits, les curieux ne se sont pas fait prier pour entrer dans la boulangerie, acheter des viennoiseries, des paquets d'étoiles à la cannelle ou des cupcakes. Nos ventes ont pris l'ascenseur et ont augmenté de près de dix pour cent.

En fin de journée, je prépare une dernière tournée de vin, réchauffe le mélange que j'ai laissé infuser et qui se compose de vin rouge, de bâtons de cannelle, d'écorces d'orange, de badiane et de clous de girofle. Les effluves épicés flottent dans la boulangerie, enveloppant les lieux d'une délicieuse odeur de Noël. Mes souvenirs des fêtes passées me bercent d'une douce nostalgie et je repense à mes copines Célia et Chloé restées à Paris, à nos fous rires, aux chaussons rennes de la première et à la célébration que nous avions organisée aux *Cupcakes de Manon* à Paris. Je revois Gustave et Lisbeth dansant collés l'un contre l'autre dans le magasin, la joie qui irradiait les visages, la magie qui s'emparait de chacun de nous.

Des rires provenant de l'extérieur me sortent de mes pensées et je remarque que la présidente de l'association a rejoint les deux petits vieux sur le stand.

Germaine semble adorer le vin, elle en sirote plusieurs verres et a l'air de plus en plus joyeuse. C'est quand Lisbeth commence à lui apprendre les paroles de *Dudule* que je m'inquiète et que je sors les retrouver. Gustave est tout aussi survolté qu'elle et je le vois sortir une fiole de sa redingote et verser une rasade de son contenu dans le verre de Germaine.

Pour le charrier, je le réprimande :

– Gustave, on avait dit plus de potion magique !

Il regarde son ventre, passe une main dessus comme pour vérifier qu'il n'avait pas grossi d'un coup et se marre.

– Je ne suis pas Obélix, je suis un lutin !

– Oui, et c'est très bien. Qu'est-ce qu'il y a dans votre gourde ?

Il me lance un regard coquin, me sert un vin chaud et y ajoute une lichette de son ingrédient secret. Je porte la boisson à mon nez, inspire les effluves et goûte pour confirmer ma pensée.

– Bande de gredins, vous avez ajouté de l'abricotine dans le mélange !

Ils s'esclaffent tous les trois comme de vrais gamins.

– Tout le monde en raffole, se justifie Lisbeth.

– Vous avez fait ça depuis le début ?

– Chuuut, c'est un secret ! s'esclaffe Gustave.

– Vous êtes incorrigibles.

Germaine me fixe et termine son vin chaud avant de me demander si elle peut me parler en privé à l'intérieur. Intriguée, je lui propose d'entrer et nous nous installons sur le canapé, au fond du tea-room. Elle a l'air préoccupée.

– Tout va bien Germaine ?

– À vrai dire, nous avons besoin d'aide pour le gala de Noël. C'est un événement clé pour nous car c'est à ce moment de l'année que nous récoltons des fonds pour le patrimoine de Grimentz. Nous invitons toutes les familles du coin et les touristes, nous proposons des activités aux enfants et intégrons les personnes âgées qui sont parfois seules et loin de leurs familles pendant les fêtes. C'est un moment convivial où tout le monde trouve de quoi se restaurer et passer une soirée de Noël ensemble, entourés. Mais, nous n'avons pas un gros budget pour la nourriture et le buffet. Oh nous avons tout de même une petite enveloppe, cependant, elle n'est pas bien épaisse. Je voulais savoir si vous pouviez vous charger de nous préparer de quoi sustenter les invités.

– Combien de personnes attendez-vous ?

Elle réfléchit et procède à un rapide calcul avant d'énoncer :

– Je dirais une petite centaine. Noël est dans moins de trois semaines, je sais que le délai est serré avec toutes les activités que vous prévoyez d'organiser à la boulangerie.

– Laissez-moi en parler à Loïc et je vous donne des nouvelles le plus vite possible.

Elle me remercie et retourne s'enfiler des vins chauds à l'extérieur, me laissant cogiter sur la meilleure manière de convaincre le boulanger. Je sens que ça ne va pas être du gâteau.

L'heure avance et l'homme ne va pas tarder à s'en aller. Moi, je ronge mon frein. Après avoir passé de longues minutes à me demander comment j'allais aborder le sujet, sans trouver de réelles solutions, je le vois se préparer à partir. Il me faut donc agir vite et sans plus attendre. Il s'apprête à atteindre la porte quand je bondis brusquement devant lui pour lui barrer la route. Le problème ? Je n'ai toujours pas ouvert la bouche. C'est donc lui qui écarquille logiquement les yeux, surpris par mon bond de bouquetin.

– Vous avez été piquée par une mouche ?

– Je crois que l'expression exacte est plutôt « Quelle mouche vous a piquée ? ».

– C'est important ?

– De quoi, la mouche ?

– Lou…

Je me liquéfie, mais j'ai fait une promesse à Germaine et je ne peux pas me défiler. D'autant plus que ce gala représente à merveille toutes les valeurs de Noël : la bienveillance, le partage, la générosité.

– J'aimerais vous parler.

– Vous avez encore eu des illuminations ? Ou alors, vous comptez m'enguirlander ? Je crois que la boutique est suffisamment fournie.

– Vous vous trouvez drôle ?

Vu son sourire en coin, j'en déduis que oui. Je reprends :

– Pouvons-nous aller prendre un verre quelque part ?

– Je ne fréquente plus les bars du village. Il y a certaines personnes que je n'ai pas envie de croiser.

J'hésite à lui dire que c'est un sauvage, mais je me retiens, ce serait dommage de le vexer.

– Bon, alors, attendez-moi quelques minutes.

Je dégotte une gourde, la remplis du reste de chocolat chaud, saisis deux gobelets et confie la fermeture du stand à Thalia, m'emmitoufle dans mon manteau et mon écharpe, embarque deux sacs en plastique et propose à Loïc de me suivre. Nous grimpons en direction des télécabines, dépassons les installations et, quand j'aperçois une butte avec une vue suffisamment sympathique, je dépose les deux sacs par terre et lui propose de s'y installer. Il ne rechigne pas et s'assied puis lève un sourcil interrogatif en me regardant. Je devine qu'il nourrit quelques doutes à mon égard, la citadine assise sur un sac en plastique dans la neige.

Je ne me dégonfle pas, pose mes fesses à côté de lui, maladroitement, je grimace, manque de glisser sur la surface lisse un peu mouillée par les flocons puis nous sers deux verres fumants. La boisson onctueuse me réchauffe le ventre et je me surprends à apprécier cet instant et la vue sur le village qui s'éclaire de mille guirlandes tandis que la nuit tombe.

– Alors, qu'est-ce qui vous fait faire des bonds dans ma boulangerie ?

– Germaine.

– Ah, c'est elle la mouche qui vous a piquée ?

– Germaine n'a rien d'une mouche ! Et je doute qu'elle pique. Enfin bref, à vrai dire, elle m'a parlé de son gala de Noël…

Il me coupe :

– Et elle souhaite que je m'occupe du buffet.

– Vous êtes perspicace. C'est marrant, à vous voir comme ça avec votre air bourru et votre barbe de Viking, on douterait presque de vos capacités de déduction.

– Je ne vois pas ce que ma barbe a à voir là-dedans. Écoutez, Lou, ce n'est pas la première fois que Germaine me fait cette proposition. Mais je n'ai plus envie de m'impliquer dans la vie du village, plus comme je le faisais avant.

Je ne lâche pas le morceau. Je sens bien que la participation de Loïc à ce projet est bien plus importante que le simple fait de préparer un repas, malgré le travail que cela représente. Il s'agit d'une sorte de réhabilitation. Seulement, dans le cas qui nous occupe, il semble que ce soient les villageois qui soient condamnés aux yeux du boulanger. J'avale une gorgée de mon chocolat chaud, observe son air obstiné et ses traits fermés puis essaie encore de le convaincre.

– Elle nous payerait quand même un peu et puis, cela démontrerait votre désir de vous impliquer davantage justement. C'est Noël, c'est une occasion de mettre de côté les griefs passés et de faire une bonne action. Et peut-être de vous réconcilier avec eux…

– Vous ne savez pas de quoi vous parlez.

Il tourne enfin le visage vers moi et l'intensité de son regard me coupe le souffle. Je murmure :

– Alors expliquez-moi…

– Certains événements, certains choix ont eu des conséquences dramatiques. Vous pouvez me trouver intransigeant, mais je ne pardonne pas les comportements désinvoltes et inconséquents. Je n'ai pas envie de les côtoyer, je n'ai pas envie de les aider.

– Je ne comprends pas de quoi vous parlez.

Il se lève, ramasse le sac en plastique, mais reste quelques instants debout sans bouger.

– S'il vous plaît, parlez-moi.

– Je suis désolé Lou, mais je n'ai pas envie de me replonger dans tout ça, le passé doit parfois rester où il est.

Et il s'en va, me laissant perplexe, les fesses gelées. Je le suis des yeux jusqu'à l'entrée du village où il disparaît dans les ruelles, comme une ombre filant dans la nuit.

« Le passé doit parfois rester où il est » ? En adoptant cette attitude, Loïc se rend-il compte qu'il fait exactement l'inverse ? De toute évidence, son passé est en train de le ronger, de le détruire à petit feu.

Désemparée et en colère, je me sers un autre gobelet de chocolat que j'avale rapidement. Puis un autre. Et encore un, jusqu'à terminer le Thermos. Je quitte ensuite la butte pour rejoindre le village, frustrée et énervée, me concentrant pour ne pas glisser sur la neige. Au moment où je m'apprête à atteindre la route en direction du centre, je ne remarque pas la plaque de glace qui m'attend gentiment sur le côté du trottoir, je pose naïvement mon pied dessus et tente de garder l'équilibre en produisant de ridicules moulinets avec mes bras. Je les remue tellement que je pense être sur le point de m'envoler, mais les plans changent et je pars tête la première dans un élan impossible à arrêter. Je me prépare au choc, les mains en avant, ferme les yeux comme si le fait de ne rien voir pouvait éviter l'impact, mais sens que j'atterris dans quelque chose de mou.

– Ce n'est pas une bonne idée de faire un vol plané sur un sol gelé, lance une voix que je connais.

J'ouvre un œil, remarque les deux bras qui m'entourent et qui ont empêché ma chute, remonte le regard et gémis :

– Oh non, pas vous.

– Si je retire mes bras vous pouvez toujours glisser sur la glace.

– J'ai vraiment dit ça à voix haute ?

– Il semblerait oui…

– Je suis désolée Damien.

Je me redresse en m'accrochant piteusement à sa parka, parviens à retrouver un semblant de dignité et, avant de réaliser vraiment ce que je dis, je propose :

– Je peux vous offrir un verre pour me faire pardonner ?

Mais qu'est-ce qui me prend ? Ma colère contre Loïc ? L'abus de chocolat chaud ? Un ras-le-bol généralisé ?

Il me fixe de manière suspicieuse, finit par sourire et négocie :

– Un verre pour me remercier de vous avoir évité de manger de la glace avec les dents et un autre pour l'insulte.

– Je ne vous ai pas insulté !

Il répète alors ma phrase :

– « Oh non, pas vous » ?

Je me renfrogne :

– Très bien, deux verres et on fait table rase.

Nous marchons quelques mètres avant de pénétrer dans *Le Grenier* où de nombreux touristes se mêlent aux saisonniers dans un joyeux brouhaha. L'après-ski est une véritable institution dans les stations et les sportifs ne se gênent pas pour peaufiner leur lever de coude une fois la journée sur les pistes terminée. Comme à son habitude, Damien salue tout le monde sur son passage, distribuant les sourires et jouant de son charme. Une fois assis au fond du bar, nous commandons deux bières. Je l'observe et ne peux retenir ma question :

– Ce n'est pas épuisant d'être aussi sociable ?

Il rit.

– Je crois que ça fait partie du jeu. Être aimable, motiver les touristes à travailler avec vous, renforcer son réseau pour s'assurer que les locaux vous recommandent à de nouveaux clients.

– Vous avez tout de même parlé d'un jeu.

– Oui, parfois je force un peu le trait. Se montrer drôle, distribuer les compliments, charmer, ça me permet d'être toujours entouré.

– Mais entre « être entouré » et « être bien entouré », j'imagine qu'il y a tout de même une différence.

– C'est toujours mieux que d'être tout seul…

Cette dernière remarque me laisse entrevoir une faille chez cet homme, je comprends alors cette fragilité, cette propension à occuper son temps, à fuir la solitude pour éviter de se retrouver face à soi-même. Je me questionne aussi sur mon propre fonctionnement et mon incapacité à parler de la pluie et du beau temps, des futilités de l'existence, de sujets légers et non confrontants, des sujets passe-partout qui pour moi représentent un ennui mortel, un non-sens, une perte de temps. Jouer le jeu me semble tout à fait insupportable. Mais tout le monde n'a peut-être pas envie d'entrer dans un lien profond avec une parfaite inconnue, par conséquent, je me vois mal lui demander si ce n'est pas trop douloureux de se glisser dans la peau d'un imposteur. Du moins, pas tout de suite. Je me creuse donc la tête pour trouver une question simple et facile qui ne s'apparenterait pas à une thérapie pour savoir d'où provient son besoin d'être perpétuellement accompagné.

Arrête de te poser toutes ces questions, Lou !

Je suis incorrigible. Une question basique nous amènera peut-être à des sujets plus profonds et à nous faire mutuellement confiance. Je choisis donc de lui demander :

– Votre journée s'est bien passée ?

Je constate dans son regard qu'il est conscient de ma stratégie, qu'il sait parfaitement ce que je fais pour ne pas le confronter, pour reprendre un échange plus simple. Et je réalise à ce moment-là que son empathie, du moins son intelligence émotionnelle, doit dépasser les *a priori* que j'avais construits à son propos.

Il me dévisage un instant, un de ces instants qui valent parfois mille mots, et entre dans le jeu avec un soulagement que je perçois grâce à ses épaules qui s'abaissent et ses traits qui se détendent.

– Très bien, j'ai vu Lisbeth ce matin pour son cours de ski. Elle est courageuse de se lancer à son âge. Gustave l'applaudissait à chaque fois qu'elle faisait un virage, c'était mignon.

– Ça ne m'étonne pas, ils sont vraiment adorables. Et très déterminés.

– Et de votre côté, ce n'est pas trop difficile d'être loin de chez vous ?

– Si, mes amies me manquent. Elles sont comme ma famille, c'est dur d'être loin d'elles. Et puis, *Les Cupcakes de Manon* et ma patronne me manquent également. L'ambiance n'est pas la même ici.

– C'est sûr que ce doit être différent.

– Que voulez-vous dire ?

– Je veux dire que ce ne doit pas être évident de travailler avec Loïc vu l'état dans lequel il est.

– Qu'est-ce qu'on pourrait faire pour l'aider ?

– Vous savez ce qu'on dit ? On ne peut sauver quelqu'un qui ne veut pas être sauvé.

– Est-ce que vous avez essayé au moins ?

– Pas moi. Il ne faudrait surtout pas que ce soit moi.

Je m'apprête à lui demander pourquoi, mais Damien est loin d'être stupide malgré ses airs de prof de ski inconséquent et s'éclipse en prétextant une virée au bar pour commander deux autres bières.

Je soupire, mais l'effet de l'alcool me plonge dans un état d'euphorie qui me rend plus légère. Mes problèmes et mes questionnements s'envolent petit à petit au rythme de la musique et de l'ambiance festive du bar.

J'aperçois Damien descendre deux shots de suite avec le barman et revenir un grand sourire aux lèvres, deux verres à la main.

– Et voilà, dit-il en déposant l'un d'eux devant moi.

Il s'assied un tout petit peu plus près de moi. Je le remercie pour la bière et nous trinquons, sa cuisse frôle la mienne à chaque mouvement que nous faisons. Mes barrières se fendillent. Pourtant, je n'arrête pas de penser à Loïc, mais ma colère me pousse à me rapprocher de Damien, à jouer un peu avec le feu. Comme une rébellion. Pourtant, cette attitude ne me ressemble pas. Moi, la fuyante. La trouillarde. Enhardie par mon nouvel environnement, par ce sentiment de colère que le boulanger provoque en moi, je ne repousse pas Damien. Je vois le changement qui s'opère quand il me regarde différemment. De l'intouchable, j'ai l'impression d'être passée à la « femme potentielle » de sa soirée. En me dévisageant, il m'envisage différemment. Et je me trouve débile. Quel est mon but ? Blesser Loïc en me rapprochant de Damien alors que je sais que les deux hommes se détestent ?

Quand je prends conscience de mon attitude et de ce qu'elle sous-tend, je saisis mon manteau, me lève et sors du bar le plus vite possible. Surpris par mon comportement, Damien me suit et me retrouve dehors. Il m'arrête en me saisissant par le bras, il a l'air vraiment inquiet.

– Lou, tout va bien ?

– Non, je fais n'importe quoi. Tout ça, ces jeux, moi, je ne les connais pas et ils ne me ressemblent pas. Flirter, faire semblant, me venger. Ce n'est pas moi. Il faut que je rentre.

Je tourne les talons et accélère le pas sous la neige qui tombe de plus en plus fort. Tout ce que je parviens à distinguer malgré les flocons qui dansent, c'est un sucre d'orge géant qui brille dans la nuit à côté d'un chalet.

– Lou…

Damien me suit et me rattrape.

– Je ne suis pas sûr d'avoir tout compris et je ne veux pas paraître insistant, mais…

– Pourtant, vous l'êtes !

– Excusez-moi, mais je veux juste vous dire que vous partez dans le mauvais sens !

– Je… quoi ?

– Votre chalet, il est par là-bas, dans l'autre direction. Je vais vous raccompagner. En tout bien tout honneur, je vous le promets. Je ne veux pas vous laisser vous perdre dans le village, il fait froid la nuit et on risquerait de vous retrouver gelée. On vous prendrait pour un bonhomme de neige, ce serait dommage.

– Un bonhomme de neige ?

– Oui, sans la carotte à la place du nez. Cela n'en vaudrait vraiment pas la peine. Allez, venez, je veux m'assurer que vous arriverez saine et sauve.

Je souris et me détends, surprise de lui découvrir de l'humour et une forme de galanterie, puis finis par opérer un demi-tour et suivre Damien. Nous marchons côte à côte sans dire un mot, il est déjà tard et les rues sont désertes.

Nous arrivons devant le chalet et nous arrêtons l'un en face de l'autre.

– Merci de m'avoir raccompagnée à bon port.

– Ce fut un plaisir de vous avoir raccompagnée à bon chalet.

Nos yeux se croisent et je lui souris, réfléchissant à mes préjugés, à la manière dont je juge les gens, parfois trop facilement, à la manière dont je les catégorise sans nuance.

Un coup de vent, un peu plus fort que les autres, fait voler mon écharpe que j'avais mal serrée autour de mon cou. Dans un réflexe, Damien s'en saisit, s'approche de moi et la replace avec douceur comme s'il ne voulait pas m'effrayer. La manœuvre induit un rapprochement, il est à quelques centimètres de mon visage, ses mains frôlent ma gorge et je frissonne. Mais un bruit derrière nous attire notre attention et je tourne la tête.

Là, immobile, se trouve Loïc.

Il nous fixe. Son expression respire la colère. Une rage sourde. Damien détourne son regard du mien pour fixer le boulanger. Les deux hommes se toisent et la tension grimpe d'un cran. J'ai peur qu'ils ne se jettent l'un sur l'autre. D'un ton grave, presque comme un avertissement, Loïc gronde :

– Éloigne-toi d'elle.

Damien ne bouge pas. Je ne sais pas si c'est de la provocation ou une forme de sidération, mais il finit par réagir.

– Rentre chez toi, Loïc, ça vaudra mieux pour tout le monde. De toute évidence, tu n'es pas dans ton état normal.

Loïc serre les mâchoires. Et les poings. Il réplique en avançant d'un pas.

– Et toi, comme d'habitude, tu as trop bu. Va cuver ton alcool comme tu sais si bien le faire et dégage.

Si je n'interviens pas, ils risquent bien de se battre en plein milieu de la rue, je m'interpose donc entre les deux, les bras écartés pour remettre un maximum de distance entre eux. Mon regard passe de l'un à l'autre.

– C'est quoi votre problème ?

Aucun des deux ne répond à ma question. Cependant, la manœuvre a fonctionné puisque la tension redescend. Loïc me dévisage de longues secondes et ce que je lis dans ses yeux me tord le ventre. Colère, déception, tristesse. Il a l'air blessé, meurtri. Trahi ?

Il s'apprête à partir, fait un pas pour s'éloigner puis se retourne pour me donner un avertissement en pointant Damien du doigt :

– Je vous conseille de ne pas l'approcher, on ne peut pas lui faire confiance.

Puis, il s'en va, me laissant le souffle court et des questions plein la tête.

– Je vais vous laisser Lou. Je crois que vous êtes en sécurité maintenant, souffle Damien.

J'ignore s'il parle de Loïc ou du fait que je sois bien arrivée chez moi, tout ce que je sais, c'est que j'en ai marre de ces tensions et que j'ai besoin de me retrouver seule pour me reposer. Avant de poursuivre son chemin, il profère, lui aussi, un avertissement :

– Méfiez-vous de Loïc, il est instable et ses réactions sont imprévisibles.

Sur cet avertissement, je monte enfin les quelques marches qui me séparent de l'entrée et ouvre la porte, heureuse de retrouver la chaleur de l'appartement. Agacée, épuisée, je claque la porte du chalet en espérant qu'ils ne vont pas se retrouver ailleurs dans le village pour se battre et s'étriper.

– Loulouuu ? C'est toi ?

– Non, c'est le père Fouettard Gustave, je réponds depuis le hall.

Je rejoins les petits vieux au salon et les découvre en plein test de bricolage d'animaux en laine.

– Trop chouette, vous avez amené un fouet ?

Je feins un mouvement en l'air comme Zorro et il me regarde l'air déçu alors que je demande :

– Vous êtes sérieux, vous ne le voyez pas ?

Il plisse les yeux pour tenter d'améliorer sa vue sans succès. Je l'oriente donc en m'exclamant :

– C'est un fouet imaginaire !

– Génial, comme dans Peter Pan avec les enfants perdus !

Gustave repose l'animal qu'il tentait de faire sur la table du salon et l'observe avant de me questionner à son tour :

– Lisbeth est sceptique, mais moi, je le trouve plutôt réussi. Vous devinez ce que c'est ?

J'observe la forme oblongue et grise, bossuée par endroits, en tentant de mobiliser mon imagination.

– Un phoque ? Ou peut-être une loutre ? Ou un dromadaire gris... avec trois bosses, mais sans pattes ?

– Ah, je savais qu'il manquait les oreilles. Je crois que tout est dans les oreilles.

Avec application, il saisit de la laine et la roule entre ses doigts avant d'apposer deux rouleaux de chaque côté de la bête. Je tente :

– Une limace ?

Je jette un coup d'œil à Lisbeth qui se retient de rire.

– C'est un âne de Noël ! déclare-t-il, fier comme un paon.

– Bien sûr, un âne ! Où avais-je la tête ? Il est très beau votre âne, très... original.

Lisbeth de son côté a déjà fabriqué des moutons, un bœuf et deux dromadaires parfaitement exécutés.

– Gustave souhaitait absolument s'occuper de l'âne, il s'en sort bien ! On n'aura jamais vu un équidé aussi moderne, on pourra dire que c'est un croisement, un hybride de loutre-dromadaire-âne.

– Il est têtu notre Gugu, hein, c'est pour cela qu'il voulait s'occuper de cet animal en particulier, je le charrie.

Je ne savais pas qu'une limace pouvait voler. Je la reçois en pleine tête.

– Joli lancé mon amour.

– Ne l'encouragez pas Lisbeth ! Si vous voulez qu'il vole, il faudra lui ajouter des ailes et ça fera un beau Pégâne ! Au fait, pourquoi confectionnez-vous ces animaux ? C'est une nouvelle lubie ?

Lisbeth dépose le mouton qu'elle vient de peaufiner avec les autres.

– On les fabrique pour Germaine, elle souhaite monter une petite crèche pour le repas de Noël.

Sa réponse me ramène à ma promesse d'aider la présidente pour le repas et ma gorge s'assèche sous l'effet du stress. Je prends congé des deux artisans du soir et gagne ma chambre pour me mettre au lit, mon cœur tambourinant dans ma poitrine.

Sous les draps, je réfléchis à la soirée, aux jours qu'il reste avant les fêtes, au refus de Loïc de m'aider dans cette entreprise pour l'association. Ce n'est pas grave, je vais le faire parce que j'ai envie de leur témoigner mon soutien. Sans lui. Quitte à travailler trois fois plus, je vais réquisitionner l'aide de Lisbeth et peut-être de Thalia, si l'idée ne lui pose pas un problème de loyauté envers le boulanger. Quand on veut, on peut, n'est-ce pas ?

Avant de fermer les yeux pour rejoindre Morphée, les moutons et Pégâne, une dernière image s'imprime dans mon cerveau. Celle d'un homme barbu, déterminé, talentueux, taciturne.

Merde.

Je pense encore à Loïc.

Chapitre 7

Atelier biscôme avec un zeste de confidences

Les problèmes ne tardent pas à apparaître dès que je travaille sur l'offre et sur les éventuelles préparations à proposer à Germaine. On ne fait pas un buffet de Noël avec des cupcakes, des choux à la crème, des éclairs et des cakes salés malgré toute la bonne volonté du monde. Les compétences de Loïc sont irremplaçables.

Assise à l'une des tables du tea-room alors que le jour n'est pas encore levé, je pousse un soupir de découragement. Alertée par mon manque d'allant, Thalia se joint à moi et je lui explique les raisons de mon dépit. Soutenante et enthousiaste, comme à son habitude, elle m'assure qu'elle m'aidera avec plaisir. De toute manière, et comme elle me l'explique, Noël la rend apparemment nostalgique et d'humeur morose, alors elle est ravie de pouvoir s'occuper l'esprit. En revanche, je dois trouver une solution pour les mignardises salées. À moins que je n'apprenne à les réaliser en moins de trois semaines, ce qui me semble un challenge impossible à relever, d'autant plus avec la gamme de pâtisseries dont je m'occupe, les éclairs que j'ai commencé à mettre en vente et les ateliers qui débutent le soir même.

Je rejoins le labo pour me mettre au travail, la boule au ventre à l'idée de revoir Loïc. La scène d'hier soir me revient en mémoire, ses mots résonnent dans ma tête, le souvenir de son regard me hante.

« Éloigne-toi d'elle. »

Voulait-il me protéger ? Mais de quoi ? Et je n'ai pas besoin de protection, je suis suffisamment mature et responsable pour éviter les situations dangereuses. Damien ne me ferait pas de mal.

Quand j'entre, l'homme est occupé à rouler des morceaux de pâte pour en faire des baguettes. Je l'observe. Il travaille vite, ses gestes sont précis, son habileté me fascine. Je le regarde quelques secondes, mes yeux parcourent ses avant-bras musclés qui dépassent de sa veste de cuisine, ses épaules carrées et son dos athlétique. Un mouvement presque imperceptible de sa tête me laisse deviner qu'il m'a entendue, mais il ne dit rien et poursuit son travail. Moi, j'ai l'impression de recevoir un coup au cœur. Alors, pour éviter de penser à ce que je ressens, à ce sentiment qui commence à naître en moi, je me plonge à mon tour dans les préparations du jour et liste mentalement les ingrédients dont j'ai besoin pour reprendre le contrôle.

Quand je me retourne pour aller chercher du beurre, je manque de peu d'entrer en collision avec Loïc qui se rendait vers le four. La proximité de son corps me perturbe, mais le boulanger évite mon regard, garde le silence et affiche un air sérieux et distant. Il serre la mâchoire, me contourne et s'éloigne de moi comme s'il devait m'éviter au péril de sa vie.

Quelques heures plus tard, l'air est devenu irrespirable et la tension entre nous est insupportable. Je ne comprends pas l'attitude de Loïc. Qu'est-ce que j'ai fait pour mériter qu'il m'ignore de la sorte ? À bout de patience, je finis par le confronter alors qu'il s'occupe de dresser sa liste de commande, penché sur le plan de travail, sourcils froncés.

– Vous faites la tête ?

Il ne répond pas.

– Loïc ?

Il me tourne toujours le dos.

– Bravo, très mature comme attitude.

Il a l'air d'être piqué au vif et se retourne enfin pour me faire face. Son regard noir me frappe de plein fouet.

– Vous osez me parler de maturité ? Ce n'est pas moi qui fais la fête dans les bars et qui traîne dans les rues la nuit alors qu'on croule sous le travail.

– Je rêve, vous êtes sérieux ?

Cette fois, je ne tiens plus et m'approche de lui pour lui confier le fond de ma pensée :

– Parce qu'elle est mature votre attitude peut-être ? Garder des secrets, ne rien dire, ne pas m'expliquer les raisons de votre tristesse, rester dans votre coin, éloigner les gens, ne surtout pas pardonner ? C'est vrai que rester dans la colère, c'est sain. Ça doit vous faire du bien d'être occupé par la peine, la rancœur, cette brûlure au fond du cœur. C'est vrai, vous risqueriez de vous sentir encore plus perdu sans toute cette douleur et cette souffrance qui vous habitent, qui vous remplissent. Vous avez peur de ce vide alors que vous pourriez le remplir avec tellement de belles choses…

Après ma tirade, j'ai le souffle court. Je me dirige donc d'un pas rapide vers la sortie du laboratoire, j'ai besoin de prendre l'air. Avant de pousser la porte, je conclus en lui assénant le coup de grâce, les yeux rivés aux siens :

– Je crois également que ce qui vous dérange, c'est de m'avoir vue avec Damien.

Je viens vraiment de lui dire ça ? Qu'est-ce que je crois ? Qu'il est jaloux ? Non. Haha. Loïc déteste Damien et leur animosité n'a rien à voir avec moi.

Loïc me dévisage dans une expression indéchiffrable. Je ne lui laisse pas le temps de répondre et le plante là avant de gagner l'extérieur.

J'emprunte la rue qui se situe en face de la boulangerie pour me rapprocher de la forêt qui descend sur Saint-Jean et entame le chemin qui longe la rivière. Mes pas font craquer la neige, les sapins sont recouverts de flocons scintillants qui brillent sous le soleil et le roulement du courant de la rivière qui s'écoule couvre par endroits la quiétude des bois. Je m'arrête pour respirer à pleins poumons l'air frais et vivifiant qui m'entoure et je ferme les yeux. Une fois. Deux fois. Trois fois.

Loïc.

J'ai osé lui dire tout ce qui pesait sur mon cœur, tout ce que je voyais de ses failles et de ses blessures. C'est la première fois que je confronte un homme de cette façon. Certes, je n'ai pas beaucoup de spécimens dans mon entourage, mais Loïc me touche parce que je sens qu'il est intègre, qu'il est loyal, qu'il a un potentiel de lumière en lui qu'il a éteint en l'étouffant le plus fort possible. Je ne suis pas une sauveuse, pas plus qu'une victime de son attitude parfois taciturne ou un bourreau parce que je le confronte à ses quatre vérités. Ou alors, est-ce que je tourne en rond dans le triangle de Karpman ?

Je marche longtemps pour me vider l'esprit puis retourne à la boulangerie quand je suis certaine que Loïc a quitté les lieux. La journée est loin d'être terminée puisque nous animons le premier de nos ateliers de Noël ce soir et nous inaugurons le concept avec dix participants. Germaine, Gustave et Lisbeth sont évidemment de la partie.

Dès l'approbation du concept par Loïc, j'avais préparé des flyers que j'avais confiés à Germaine afin qu'elle les distribue auprès des membres de son association, et l'atelier biscôme avait été rempli en quelques jours.

Heureusement, Thalia est plus énergique que jamais et nous préparons le laboratoire dès la fin des horaires d'ouverture. Comme nous prévoyons de former des duos, il suffit de cinq bols, de quelques casseroles pour chauffer les préparations, d'emporte-pièces en forme de sapin, de bonhomme, d'étoile, de sucre d'orge et de plaques de cuisson afin de fabriquer des biscômes.

Au niveau des ingrédients, je vérifie que nous avons le matériel nécessaire : du sucre, de la farine avec la poudre à lever, du cacao, des épices à pain d'épices, du sucre vanillé, du lait, du miel, de la mélasse et du beurre. Et des décorations colorées que nous collerons avec du glaçage. Pour nous plonger dans l'ambiance de Noël, j'ai amené une enceinte que je branche sur mon téléphone pour diffuser des chansons : Michael Bublé, Mariah Carey, Frank Sinatra, Bobby Helms, Andy Williams et tous les classiques du genre.

Tout est prêt quand les premiers participants arrivent à la boulangerie. Les petits vieux, ils sont six, arrivent déguisés et je salue la créativité dont ils ont fait preuve pour trouver des vêtements qui collent à l'esprit des fêtes. Lisbeth et Gustave, fidèles à eux-mêmes, ont gardé leur costume de lutins-fées du Père Noël, un autre membre du nom de Clément, un homme adorable qui gère l'hôtel du Mélèze à côté de la boulangerie, porte une fausse barbe blanche et un bonnet de Père Noël, quant à Germaine, elle s'est munie d'un nez rouge et d'un diadème avec des bois de renne. Le dernier couple que j'ai déjà aperçu à la soirée dégustation d'abricotine a opté pour un déguisement de sapin et de bonhomme de neige.

– C'est dommage, son nez ne clignote pas ! se plaint Gustave en pointant du doigt le nez de Germaine.

Elle répond d'une voix pincée par l'artifice :

– C'est toi qui vas clignoter si tu n'arrêtes pas de te plaindre, vieille branche !

– Je ne suis pas une branche, je suis un lutin enfin !

Il désigne ensuite l'homme déguisé en sapin et ajoute :

– Par contre, question branches, on est servi. J'espère qu'il n'a pas trop les boules !

Lisbeth et Germaine s'esclaffent, et moi, je pouffe de surprise avant de me reprendre :

– Vous êtes fier de vous ? Allez, entrez avant de déclencher un esclandre dans la rue. On n'a encore jamais vu de dispute entre un renne, un sapin et un lutin !

Les six personnes âgées entrent en se marrant sur les notes de *It's the Most Wonderful Time of the Year*. La troupe est vite rejointe par un couple de touristes suisses-allemands parlant à peine le français. Dès que Gustave repère le duo et identifie leur langue, il a les yeux qui brillent et entraîne Lisbeth pour se positionner à côté d'eux. J'entends un puissant *Hoi zäme* et manque de m'étouffer de rire quand je constate l'air effrayé des jeunes gens. J'imagine qu'être en face d'un lutin si heureux de parler leur dialecte avec eux a dû les surprendre. À moins que ce ne soit l'enthousiasme de Gustave qui les ait perturbés. Passé le choc, ils ont l'air plutôt ravis et je les entends répondre aux incessantes questions du petit vieux concernant les noms des ustensiles de pâtisserie. Il les lève pour les leur montrer les uns après les autres et répète trois fois chaque mot sous l'œil admiratif de Lisbeth.

Je vérifie la liste des inscriptions, note qu'il manque un dernier binôme et me dirige vers l'entrée pour les attendre et pouvoir leur ouvrir la porte. Ils ne tardent pas à pointer le bout de leur nez et je me retrouve face à un homme d'une soixantaine d'années et à un petit garçon qui doit avoir environ six ans, un bonnet à pompon sur la tête. Le blondinet a l'air surexcité d'être là et il zozote un tout petit peu en me saluant, me souriant avec ses grands yeux bleus.

– On va pouvoir manzer les bizcômes à la fin ?

– Bien sûr, on est là pour ça ! Et on va se régaler. Je m'appelle Lou et je suis ravie de faire ta connaissance. Tu es venu avec ton papa ?

– Moi, je m'appelle Elliot. Et lui, ce n'est pas mon papa, c'est mon nounou. Il s'appelle M. Tribolet. Mon papa, il est trop occupé pour venir, les affaires, c'est le plus important.

L'homme sourit à l'enfant puis me salue. Il porte un manteau noir en laine, des chaussures vernies, et se tient si droit qu'il a l'air plus grand qu'il ne l'est en réalité. Il me fait un peu penser à Anton Ego, le critique gastronomique dans *Ratatouille*, avec sa mine sérieuse et ses vêtements chics et austères. Je ne peux m'empêcher de ressentir un pincement au cœur pour ce bout de chou délaissé par un père qui juge son travail plus important que de participer à un atelier biscôme avec son fils.

Moi aussi, j'ai connu ça. Un père qui travaille beaucoup, une mère peu impliquée dans mon éducation, le silence des parents qui démontrent si peu d'intérêt pour leur fille qu'ils ne lui posent jamais aucune question. J'aurais rêvé que l'on me demande comment s'était déroulée ma journée à l'école, ce que j'avais appris, comment je me sentais. À la place, à table, il y avait juste un grand vide. Je mets de côté mes sentiments ainsi que mes souvenirs et tente de prendre le ton le plus guilleret dont je suis capable pour dire à Elliot :

– Viens, on va te montrer l'atelier.

Je l'entraîne jusqu'au labo et le fais entrer. Dès qu'il aperçoit le groupe déguisé, il écarquille les yeux de surprise, son sourire s'élargit, son regard pétille. Il est émerveillé et tire sur la manche de « son nounou » en levant sa petite tête vers lui et demande, la voix remplie d'espoir :

– Oh, c'est l'atelier du Père Noël ? Pour de vrai ?

L'homme se baisse pour lui chuchoter :

– Bien sûr Elliot, mais ça doit rester un secret, d'accord ?

Il acquiesce, tout excité, et court vers chacun des vieux pour les observer de plus près. Il se plante devant Gustave et semble fasciné par ses chaussures à grelots.

– Je ne savais pas que les lutins étaient aussi âgés. Vous allez bientôt mourir ?

– Les lutins du Père Noël sont immortels mon petit ! Je pense que c'est parce qu'on se nourrit majoritairement de chocolat chaud.

Le petit sourit de toutes ses dents.

– C'est vrai que le zocolat rend immortel ? On peut avoir du zocolat chaud ?

Il n'en fallait pas plus à Thalia pour préparer une tournée de chocolat et tout le monde se retrouve bien vite avec une tasse fumante à la main.

Nous formons ensuite les duos et je m'apprête à débuter le cours en expliquant au groupe le déroulement de l'atelier quand nous entendons du bruit provenant de l'entrée de la boulangerie. Je m'arrête dans mes explications et reconnais le tintement de la clochette en fronçant les sourcils.

Quelques secondes plus tard, un homme nous rejoint dans le labo. Il porte un bonnet de Noël sur la tête et en tient deux autres dans ses mains. Je suis tellement surprise de son arrivée inopinée que je reste bouche bée, le cœur battant la chamade. Loïc avance jusqu'à moi, il se poste à mes côtés et explique en regardant les participants :

– Bonsoir à tous, je m'appelle Loïc et je m'occupe de la boulangerie avec Thalia et Lou. Je suis venu leur donner un coup de main pour l'atelier de ce soir. À vrai dire, je n'ai jamais décoré de biscômes et je meurs d'envie de le faire. J'espère que vous aussi ! Alors, vous êtes tous prêts à mettre la main à la pâte ?

– Ouiiiiii, hurle Elliot un peu plus fort que les autres.

Un « hourra » et quelques « youpi » viennent s'ajouter à l'euphorie du garçonnet et clôturent le discours de Loïc, puis je reprends la parole pour expliquer les étapes de fabrication et leur présenter les ingrédients à leur disposition.

Enfin, j'essaie de le faire le plus sereinement possible parce que l'apparition du boulanger a déclenché une tempête à l'intérieur de moi. Des sentiments contradictoires s'affrontent : du stress, de la surprise, de l'énervement, de la colère. De la joie aussi. Je suis touchée qu'il soit venu nous aider et nous soutenir, touchée qu'il ait pris sur lui parce que je commence à le connaître et je sais qu'il a dû affronter son envie de repli et de fuite pour revenir ce soir. Mais je lui en veux encore beaucoup.

Alors que les binômes se mettent au travail sous nos yeux, Loïc se dirige d'abord vers Thalia et lui plante le bonnet sur la tête avant de venir vers moi. Il est là, il me regarde, le dernier bonnet dans les mains comme s'il attendait ma permission pour faire de même. Il s'approche encore et, avec des gestes lents et beaucoup de douceur, il le positionne sur le haut de mon crâne, prenant garde à ne pas me tirer les cheveux. Il incline la tête pour constater le résultat, déplace le couvre-chef et, après quelques ajustements, semble satisfait. Je le laisse faire, les yeux rivés aux siens. Il murmure :

– Ça vous va bien.

Nous restons ainsi, l'un en face de l'autre, sans dire un mot de plus. Cet instant ne dure pas puisque j'entends des messes basses du côté de Gustave et un pressentiment me saisit.

– Excusez-moi, le devoir m'appelle.

Il acquiesce et fait le tour des participants pour les aider dans la fabrication de la pâte. Arrivée à la hauteur de mon couple d'amoureux, je repère la flasque de mon petit vieux et gronde à moitié amusée :

– N'y pensez même pas, Gustave !

– Juste un peu. Une larmichette ?

– Non ! Laissez cette pâte à biscômes comme ça, elle est parfaite comme elle est.

Il se renfrogne en marmonnant un « gnagnagna » dans sa barbe, mais range l'abricotine dans la poche de sa redingote. Tout le monde s'active et j'en profite pour filmer quelques images pour mon compte Instagram après avoir demandé l'autorisation aux participants dont on risquerait d'apercevoir le visage.

Le reste de l'atelier se déroule dans la bonne humeur et nous profitons de la cuisson des biscômes puis du temps de refroidissement pour faire une pause assortie d'une dégustation de quelques cookies puis pour préparer le glaçage que nous disposons dans des poches à douille.

Chacun s'applique à décorer du mieux possible les biscuits dans une ambiance joyeuse et pleine de rires. Elliot se concentre, mais parvient tout de même à se mettre du glaçage partout sur le visage, Gustave fait des formes non identifiées sur ses étoiles tandis que Loïc me demande de lui montrer comment améliorer ses dessins sur les ours en pain d'épice. Je le laisse approcher, sens sa présence juste à côté de moi et son odeur imprégnée d'épices tandis qu'il se penche tout près de mon cou, concentré, pour observer mes gestes.

Je dois mobiliser toutes mes ressources pour ne pas déborder et tente d'éviter de penser à la proximité de l'homme. Quand il teste ma technique de son côté et notamment la manière de construire un flocon de neige, il s'avère très doué en géométrie. Mais c'est surtout son sourire qui me frappe. Il semble s'amuser, prendre du plaisir avec nous, il plaisante avec les autres et se montre sociable, ouvert, agréable, et n'hésite pas à aider ceux qui en ont besoin. Il s'occupe particulièrement du petit garçon qui a l'air fasciné par le boulanger. Le bambin le regarde des étoiles plein les yeux et tente toujours de faire de son mieux pour suivre les conseils de Loïc, ponctuant ses tentatives par d'inlassables questions.

Je les observe de loin, un sourire en coin sans me rendre compte que Thalia s'est matérialisée à côté de moi.

– Ça bosse dur à ce que je vois, me taquine-t-elle en me donnant un léger coup de coude.

– Quand on fait de la formation, il faut toujours garder un œil sur ses participants. Pour éviter qu'ils ne se brûlent, qu'ils ne mangent de la pâte crue ou qu'ils ne mettent le feu en cramant un truc… Tu comprends ?

– Mouais, on ne me la fait pas, à moi.

– Je ne vois pas de quoi tu parles. L'heure tourne, on va clôturer cet atelier. Tiens, goûte un biscôme !

D'un geste habile, je lui fourre un biscuit dans la bouche et elle tente de riposter en postillonnant :

– Ch'est une tentative d'intimitachion, je ne me tairai pas, je… mmm, ch'est vachement bon !

Je profite de cette diversion pour m'adresser aux participants, sous l'œil taquin de Thalia qui ne va pas lâcher le morceau de sitôt, et lance la dégustation. Un silence seulement perturbé par quelques bruits de mastication s'ensuit et des sourires ravis éclairent le visage des clients.

Nous distribuons ensuite des boîtes afin qu'ils puissent tous repartir avec leurs œuvres du soir et les accompagnons jusqu'à la sortie. Un homme au téléphone fait les cent pas devant la boutique où dès qu'il le voit, Elliot court le plus vite possible vers lui, sa boîte à biscuits fièrement tendue devant lui.

– Papa, papa, regarde les beaux bizcômes que j'ai faits ! J'en ai gardé esprès pour toi.

L'homme lui jette un œil absent, poursuivant sa conversation tout en apposant son index sur sa bouche pour faire signe au petit garçon de se taire. M. Tribolet tente en vain d'attirer son attention sur autre chose, mais le blondinet reste planté devant son père, réclamant de l'attention. L'homme a l'air sérieux et préoccupé, mais il finit enfin par boucler son appel, ce qui déclenche une nouvelle vague d'énergie chez Elliot.

– Tu pourras venir avec moi ? La zemaine prochaine, on pourra faire des biscuits !

– Je n'ai pas le temps mon amour. Tu sais bien, le travail…

Le blondinet plisse le front d'un air préoccupé, lève son petit doigt et dit d'un ton beaucoup trop sérieux pour son âge :

– Ze sais, le travail, c'est portant.

– Important mon chéri. Mais M. Tribolet pourra faire l'atelier de la semaine prochaine avec toi.

L'air déçu du petit garçon me fend le cœur. Le regard de Loïc croise le mien à ce moment-là et je sens que nous éprouvons exactement le même sentiment.

Petit à petit, tout le monde quitte la boulangerie, les visages ravis nous confirment à quel point ce premier atelier a été un succès, tout comme les remerciements et les compliments que chaque participant ne manque pas de nous faire en partant.

Après avoir renvoyé Thalia chez elle, la jeune fille a bien assez travaillé pour aujourd'hui, preuve en est les bâillements fréquents qui l'attaquent, je termine de tout ranger. Loïc m'aide, dans ce silence qui nous accompagne souvent. J'ai l'impression qu'il est moins tendu que ce matin. Pourtant, je lui en veux toujours de son attitude, de ses mots, et c'est à mon tour de me montrer distante malgré ses efforts et sa présence à l'atelier. Je passe un dernier coup de chiffon sur les plans de travail et m'apprête à quitter les lieux quand j'entends sa voix derrière moi.

– Lou, attendez.

Je m'immobilise juste devant la porte, la boulangerie est plongée dans la pénombre. Loïc est derrière moi, mais je ne me retourne pas alors il saisit doucement mes épaules et me pousse à lui faire face. Mon cœur manque un battement. Il s'approche encore de moi et relève mon menton pour que je le regarde. Là, sans l'animation des clients, sans les tâches à accomplir, sans rien d'autre à faire que de le regarder, je lâche prise et je craque. En réalité, j'ai envie de pleurer, de laisser couler toutes ces tensions, toute cette fatigue hors de moi. Je murmure :

– Je ne suis pas un fantôme, Loïc. Toute la journée, vous m'avez ignorée. En fait, depuis que je suis arrivée ici, vous m'avez mise de côté, vous avez douté de moi, vous m'avez rejetée alors que je fais tout ce qui est en mon pouvoir pour vous aider.

Il prend le temps de réfléchir à ce que je viens de dire puis murmure :

– Je suis désolé. Vous n'êtes pas un fantôme, Lou. Bien au contraire. Vous êtes bien présente et je vous vois. Je vous promets que maintenant je vous vois vraiment. Je suis dans le monde des spectres et des ombres depuis bien trop longtemps maintenant et je crois que je commence à revenir des limbes.

– Si vous étiez dans les limbes, au moins vous n'étiez pas en enfer…

– J'étais à ses portes.

– Pourquoi ?

Il pousse un soupir et un voile sombre s'abat sur ses yeux tandis qu'il s'évade dans ses souvenirs, des souvenirs qui semblent toujours aussi douloureux. La souffrance vive que je décèle en lui me tord le ventre encore une fois. Mais cette fois, il commence à parler :

– Il y a deux ans, nous étions partis faire du ski pendant les vacances de Noël. Du hors-piste. Une bande de jeunes intrépides, un peu trop cons pour réaliser que la montagne est toujours la plus forte. Pourtant, nous étions accompagnés d'un guide expérimenté, il nous a encouragés à poursuivre sur notre itinéraire malgré nos doutes, à ne pas faire marche arrière, à nous amuser, alors on a tenté le diable. Le manteau neigeux était instable à cause des conditions météorologiques des jours précédents et nous avons déclenché une avalanche. Et…

Il marque une pause dans son récit, serre les dents, et j'aperçois une veine battre sur sa tempe. Il baisse d'un ton alors que l'émotion grandit encore dans sa voix.

– Elle est… Julie est restée sous la neige. Beaucoup trop longtemps. On était équipés de DVA, le dispositif de détection de victime d'avalanche, nous étions munis de pelles, d'airbags et de sondes. On a réagi vite. Mais ça n'a pas suffi à la sauver.

Il passe une main sur son visage.

– Je n'ai pas réussi à la sauver.

– Et Julie, c'était… ?

– Ma fiancée. Julie était ma fiancée.

– Je suis vraiment désolée Loïc.

Sous le choc de sa terrible révélation, je me sens incapable de bouger. J'accueille ses confidences, l'écoute et sens que je suis sur le point de comprendre beaucoup de choses. Je suis sur le point de comprendre pourquoi Loïc s'est muré dans le silence, pourquoi il s'est coupé de la vie du village, alors je poursuis :

– Le guide expérimenté dont vous parlez…

Je marque une pause, tout se met en place dans ma tête.

– … c'était Damien ?

Il acquiesce.

On n'entend plus que nos deux respirations dans la boulangerie. Le silence est rompu par la suite de ses confidences.

– Mais si je lui en veux, c'est parce qu'il avait bu ce jour-là. Beaucoup trop. Je n'aurais pas dû lui faire confiance, j'ai fait une erreur de jugement.

– Ce n'était pas votre faute. C'était un accident.

– Et je le méprise également parce qu'il n'a jamais reconnu ses torts, il ne s'est jamais excusé, il n'est jamais venu me dire à quel point il était désolé et à quel point il regrettait son erreur.

– Je comprends votre rancœur. Qu'est-ce qui s'est passé ensuite ?

– Les gens du village ont soutenu Damien, il a été embauché pour donner des cours de ski dans la station. C'est comme si… comme si ce qu'il avait fait n'était pas grave. Comme si son erreur ne comptait pas. Comme si la vie de Julie ne comptait pas. Alors depuis, j'en veux à tous les habitants de Grimentz. J'aurais dû me tirer d'ici, mais j'avais tellement travaillé pour faire tourner la boulangerie que je ne voulais pas tout laisser tomber. Et je ne voulais pas abandonner Thalia non plus.

– Vous avez été courageux de tenir bon. Vous pouvez être fier de ce que vous avez accompli, Loïc.

– Merci.

Il me regarde. C'est intense. C'est fort. Vrai. Il m'a enfin fait confiance. Une barrière a cédé, quelque chose a changé. Et maintenant ? Il avance, s'approche encore, jusqu'à poser son bras contre la porte, juste à côté de mon visage. Je ne bouge pas. Sauf au moment où son nez frôle le mien et où ses lèvres sont si proches des miennes que je peux sentir son souffle chaud. Là, je franchis le dernier centimètre qui nous sépare et goûte enfin à sa bouche.

Chapitre 8

Les cupcakes vont brûler !

Sa langue a le goût du pain d'épice. Notre baiser devient de plus en plus passionné tandis qu'il passe une main derrière ma nuque pour maintenir mes lèvres contre les siennes. L'excitation provoque des décharges électriques dans mon corps, j'ai chaud, mon ventre me brûle, mes cellules sont en éveil. J'ai l'impression d'être réanimée, de me reconnecter à des sensations physiques que j'avais voulu enfouir au plus profond de moi.

Quand Loïc délaisse ma bouche, j'ai du mal à reprendre mon souffle, nos respirations saccadées reflètent l'intensité du moment que nous venons de partager. Le boulanger reprend de la distance, il a l'air gêné tout à coup et son expression trahit le doute qui semble le traverser.

– Il faut que j'y aille.

Je parviens à peine à balbutier un piteux :

– D'accord.

Je me décale, libérant ainsi la porte, ce qui permet à Loïc de sortir et de s'en aller sans même jeter un regard en arrière.

Complètement bouleversée, je ferme la boulangerie et erre dans les ruelles éclairées par des étoiles et des sucres d'orge scintillants. J'ai besoin de réfléchir, de comprendre pourquoi j'oscille entre la peur et l'excitation quand je repense à notre baiser. Comment en est-on arrivés à cette situation ? Est-ce juste de l'attirance ? Un moment où nous avons perdu le contrôle ?

Une erreur ?

– Aahhh, je grogne en serrant les poings et en m'énervant toute seule dans le village où quelques touristes flânent encore malgré l'heure tardive.

J'ignorais à quel point ce genre de situation était source d'interrogation. Non pas que je n'avais jamais été confrontée à un premier baiser avec un homme après une sortie plus ou moins romantique, mais… je n'avais jamais ressenti ce type d'hésitation, ces problématiques, ces turpitudes, ce désir. Le peu de fois où j'avais embrassé un homme après un rendez-vous, je l'avais presque fait pour l'expérience, pour essayer dans l'espoir que le contact physique déclenche l'envie de le revoir ou du moins une certaine forme d'émotion et d'émoi. Ça n'a jamais fonctionné.

Avec Loïc, c'est différent. Ce que j'ai ressenti au moment où nos lèvres se sont touchées ressemble à une explosion de sentiments, de sensations, un tourbillon intense et perturbant. J'aurais aimé que ce baiser ne s'arrête jamais. Je n'ai jamais éprouvé ça. Par conséquent, je me sens perdue avec des millions de questions en tête.

Il n'y a qu'une solution pour obtenir des réponses : mes deux amies expertes en relations sentimentales. Je presse le pas pour rentrer et pouvoir discuter avec elles au chaud, mais j'avais omis un détail important : le sens de l'observation et la propension de mes petits vieux à mener l'enquête avec un flair imparable. À peine ai-je passé la tête dans le salon pour leur lancer un « bonsoir et bonne nuit » qui aurait dû me permettre de filer en douce dans ma chambre que je suis stoppée dans mon élan par Gustave qui me dévisage. On dirait qu'il sent quelque chose d'inhabituel :

– Attendez un peu jeune padawan !

Le surnom dont il m'affuble me sied comme un gant, une apprentie inexpérimentée qui ne connaît rien à l'amour. Désespérant.

Il se retourne vers Lisbeth.

– Il est arrivé un truc, non ?

Elle acquiesce. Pour savoir ce qui me trahit, je renifle ma manche, le plus discrètement possible, mais tout ce que je sens, ce sont la cannelle, la cardamome et le clou de girofle.

– Vous êtes pires que des chiens policiers !

– Ha, je suis trop fort, s'autocongratule Gustave.

Lisbeth m'invite à m'asseoir et demande avec douceur :

– Qu'est-ce qui s'est passé ?

Je prends place lourdement sur le canapé et soupire, cherchant mes mots pour leur relater la situation. Les deux compères me dévisagent avec patience et sans lancer aucune taquinerie, ce qui est assez rare pour être souligné. J'inspire profondément avant d'articuler :

– Je…

Je me reprends :

– J'ai…

Je fais une pause.

– Il a… enfin, nous…

Gustave ne peut pas s'empêcher de réagir :

– On dirait une histoire à suspense. Ça me rappelle quand j'étais plus jeune et que je regardais la télévision pour la première fois, on avait souvent des coupures de son et on devait deviner les dialogues des acteurs pour pouvoir suivre l'histoire.

Il parvient à me dérider et j'arrive enfin à articuler d'une traite :

– J'ai embrassé le boulanger.

– Alléluia ! s'exclame Lisbeth. Et c'était comment ?

Devant mon hésitation, Gustave fait des hypothèses :

– Incroyable, génial, pas mal, nul, archinul ? Vous pouvez choisir une option !

Je lève un sourcil devant son QCM improvisé et réfléchis.

– C'était intense. Et perturbant.

– Ce n'était pas dans les options, constate Gustave qui semble repasser les mots dans la tête.

Lisbeth me dévisage, un doux sourire sur son visage, et pose sa main chaude sur la mienne.

– Et qu'est-ce que vous ressentez ?

Je me sens enveloppée de bienveillance, je sais qu'ils ne me jugeront pas, ce qui me pousse aux confidences.

– Je suis perdue. Je ne sais pas si c'était un baiser dû à la situation, je veux dire une sorte d'exception à cause du moment que nous partagions ou si cela signifie davantage. Je me questionne. Est-ce une conséquence de ce que nous ressentons ? Parce que, les apparences sont plutôt trompeuses… Depuis que je le connais, Loïc est ambivalent avec moi. Bref, je me demande si cela signifie quelque chose de plus important ou non.

– Et si l'on met de côté ce que pourrait hypothétiquement ressentir l'autre partie, c'est-à-dire le boulanger, et que nous nous concentrons sur vous et sur ce que cela signifie pour vous ?

Elle marque un point car, dans ma manière de réfléchir à ce baiser et de comprendre la situation, je me rends compte que je tente de deviner ce qu'éprouve Loïc. Sans me demander ce que je ressens, ce que tout cela signifie pour moi et ce que je veux.

Encore une peur.

Si je réalise que j'éprouve des sentiments pour lui et que ceux-ci sont unilatéraux, je risque de souffrir. S'il éprouve quelque chose pour moi et que je me lance dans une relation, je crains de ne pas savoir m'y prendre. Et qu'adviendra-t-il au moment où il voudra faire l'amour avec moi, si cette relation se poursuit ? Il faudra bien que je lui parle de mon manque d'expérience. S'il tient à moi, il comprendra et si ce n'est pas le cas, c'est qu'il n'en vaut pas la peine.

Mon cerveau est en surchauffe. Toutes ces questions pour un seul baiser ? Suis-je la seule à me torturer ainsi ?

Je hausse les épaules.

– Pour moi ? Je l'ignore. Enfin, je sais que ce n'était pas « rien ». Je n'ai jamais été du genre volage, je ne flirte pas pour m'amuser, je ne suis pas une dragueuse et le contact physique avec les hommes représente plutôt une difficulté. Alors si l'on prend tous ces éléments, je suppose que l'on peut déduire que j'apprécie Loïc. En fait, je l'apprécie bien plus que ce que je pensais.

– Ah voilà, de vrais tourtereaux. C'est pas mal comme surnoms pour des personnes qui font de la pâtisserie. Vous avez compris ?

Gustave s'esclaffe et Lisbeth lui sourit.

– Haha, oui, Gustave, on a compris. Ce n'est pas de la tarte de comprendre vos allusions et vos jeux de mots, je réplique.

On a perdu Gustave, il est hilare sur son coin de canapé. Lisbeth parle de manière apaisante :

– Faites confiance à votre cœur et à la vie aussi. L'amour, c'est rare, c'est précieux et ça demande autant de minutie que la préparation d'une bonne pâtisserie.

– Faire confiance à mon cœur et à la vie ? C'est un sacré défi. J'ai l'impression que mon cœur a la taille d'une cerise, c'est un bébé amoureux, il est tout petit.

– Imaginez alors que votre cœur est comme de la levure. Avec un peu de soin et de chaleur, il va doubler de volume, conseille Lisbeth.

Gustave nous observe religieusement, fasciné par notre conversation.

– Vous êtes encore meilleures que moi en ce qui concerne les comparaisons. Un cœur-cerise et un cœur-levure alors qu'on parle de pâtisserie et de boulangerie, franchement vous m'épatez !

Nous rions tous les trois et je leur souhaite une bonne nuit après les avoir remerciés pour leurs conseils et leur écoute.

Maintenant, je suis prête pour la deuxième mi-temps : contacter mes copines pour récolter leurs avis et autres recommandations. Après tout, Célia et Chloé ont bien plus d'expérience que moi en matière de relations amoureuses. Merde, j'ai vraiment écrit « relations amoureuses » ?

Couchée sur mon lit, je me connecte sur WhatsApp et tapote sur mon écran de téléphone tout en me mordillant la lèvre à cause du stress :

Les filles, quand on embrasse un mec le soir… quelle est l'attitude la plus commune à adopter quand on le revoit le lendemain ? Et le mec ? Qu'est-on supposé espérer ou attendre de sa part ?

Chloé est la première à lire mon message et à répondre, ce qui ne m'étonne pas puisqu'en tant que journaliste, elle consulte régulièrement son téléphone à toute heure du jour ou de la nuit.

T'as embrassé le boulanger canon ? J'étais sûre que ça allait arriver ! C'était bien ?

Je lève les yeux au ciel.

Incroyable, mais qu'est-ce que je fais maintenant ? Et demain ?

Chloé continue dans son délire avec une flopée d'émojis.

Ahhh, je suis tellement fière et heureuse pour toi. Moi, je propose une galoche dès que tu le vois.

Célia arrive dans notre discussion et, comme souvent, tempère les ardeurs de Chloé.

Tu n'as pas besoin de lui sauter dessus. Écoute-toi et ton intuition dès que tu le verras. En général, on sent quand on est en face de l'autre ce qu'on a envie de faire. Surtout, ne dépasse pas tes limites et ne te force à rien !

J'essaie de visualiser la scène, moi entrant dans le labo, lui en train de travailler. Il se retourne quand j'arrive, me sourit, s'approche de moi, me lance un « bonjour » dans un murmure puis… m'embrasse langoureusement ? Dépose un baiser rapide sur mes lèvres ? Balance les plaques de cuisson pour m'asseoir sur le plan de travail ?

Toutes ces interrogations me perturbent et je questionne mes copines :

C'est super fatigant une relation, non ?

Chloé répond :

Oh oui, tu n'as pas idée !

Célia nuance :

Mais il y a des trucs cool.

Je demande :

Comme quoi ?

Dans ce qui ressort, je note : ils nous font des câlins quand ça ne va pas, c'est parfois aussi bien, voire mieux, que les sex-toys, c'est pratique s'ils savent cuisiner (elles s'esclaffent). Plus sérieusement, elles m'expliquent à quel point elles se sentent soutenues dans leurs projets, à quel point leurs hommes et elles forment une équipe pour traverser les aléas et les coups durs de la vie et que le partage de passion, de loisirs, de temps est agréable au quotidien. Les mots « bienveillance », « respect », « écoute », « empathie » ressortent.

Bien. Je réfléchis à tous ces éléments et me dis qu'en effet une relation peut contenir de nombreux points positifs. Mais au-delà de tout ça, elles soulignent le fait que le sentiment amoureux est si particulier, si intense et profond qu'il ne s'explique pas uniquement par une liste d'avantages à être en couple. Et quand je pense à la manière dont nous nous sommes regardés hier avec Loïc, je crois que je commence à comprendre ce qu'elles veulent dire.

Un dernier message me sort de mes pensées :

On a une bonne nouvelle ! On t'a trouvé un cadeau à mettre sous le sapin. C'est nous ! On débarque pour Noël !

Je pousse un hurlement de joie. C'est sur ce merveilleux message que je leur souhaite une bonne nuit, excitée et heureuse à la perspective de retrouver mes amies pour les fêtes. Elles me manquent tellement.

En me réveillant le lendemain, je remarque que l'ambiance est étrangement calme. C'est louche. Normalement, Lisbeth et Gustave sont pires que des piles électriques le matin et s'activent dans tous les sens. Je toque à leur porte, mais entends des gémissements. Je l'entrouvre, espérant qu'ils ne sont pas en train de faire de la gymnastique coquine de bon matin, et les trouve en piteux état.

– Qu'est-ce qui vous arrive ?

Gustave marmonne, un peu honteux :

– J'ai essayé de faire une recette de sauce tomate hier soir, mais je crois que j'ai mis trop de piment. Nous avons passé la nuit aux toilettes.

La pauvre Lisbeth est dans le même état.

– Vous êtes en train de faire une indigestion. Je vais vous préparer de la tisane et quelques tartines quand vous aurez envie de manger. La priorité, c'est de vous hydrater. Restez tranquillement au lit et reposez-vous, j'arrive.

Je leur prépare un plateau et leur amène de quoi boire, dépose sur leur front une lingette humide et les prie de m'appeler en cas de problème.

Me voilà en retard.

Je presse le pas en direction de *Chez Loïc* tout en répétant les mots de Célia dans ma tête. Alors que j'arrive à la boulangerie, je murmure :

– Écoute-toi et ton intuition dès que tu le verras. En général, on sent quand on est en face de l'autre ce qu'on a envie de faire.

Très bien. Le problème ? Dans le labo, Loïc me tourne le dos. Ce n'était pas une option ! Par conséquent, je n'ai plus aucune intuition.

Il me salue d'un simple « bonjour » et travaille dans son coin comme à son habitude, sans même me jeter un regard. C'est comme si notre baiser n'avait jamais existé.

Tout ce que me souffle mon intuition en ce moment, c'est que je me sens mal à l'aise. Et je ne m'attendais pas à cette attitude. Ce n'est pas seulement à cause de notre rapprochement physique que je trouve son comportement inadéquat, c'est également et surtout à cause des confidences qu'il m'a faites. Je croyais avoir franchi une étape avec lui, je croyais qu'il m'avait accordé sa confiance et que cette confiance allait nous rapprocher.

Pour combler le silence et parce que mon retard ne me ressemble pas, je mets un point d'honneur à être professionnelle dans tout ce que j'entreprends, je me justifie :

– Je suis navrée pour l'heure tardive à laquelle j'arrive.

Il doit sentir dans ma voix que quelque chose ne va pas et m'accorde enfin un peu d'attention.

– Est-ce que tout va bien, Lou ?

Non, parce que tu m'ignores, je ne comprends rien et je ne sais pas quoi faire.

Mais évidemment, ce n'est pas ce que je dis.

– Je… ce sont les petits vieux. Ils étaient malades ce matin, je me suis occupée d'eux. Je voulais être certaine qu'ils ne manqueraient de rien.

– C'est tout à votre honneur.

Puis, il retourne à son fournil. Je prépare donc ma pâte pour mes cupcakes et me concentre sur les quantités à mélanger pour la production du jour. Je suis loin d'être en avance et je me demande toujours si nous allons évoquer ce qui s'est passé hier soir à un moment donné. Distraite par mes questionnements, j'oublie d'enclencher le minuteur pour la cuisson des cupcakes et je vois Loïc lorgner le four une demi-heure plus tard, alerté par l'odeur.

– Vos cupcakes vont brûler si vous ne les sortez pas dans les prochaines minutes.

Je peste contre moi-même parce qu'à cet instant j'ai les mains pleines de pâte à cookies. Le temps de les laver, les cupcakes risquent de cramer. Je m'agite dans tous les sens, prise par le stress, et renverse le bol doseur qui contenait le lait.

– Flûte !

J'ai envie de pleurer. Loïc m'observe et, pendant que j'éponge en catastrophe le liquide, sort les plaques du four. Je me sens plus empotée et plus démunie que jamais. Le sentiment qu'il me manque un mode d'emploi, des câblages à l'intérieur pour comprendre les autres me saisit à nouveau.

Une éponge trempée dans les mains, je l'observe alors qu'il vient m'aider à tout nettoyer. Mes lèvres tremblent, mes mains en font de même, j'ai l'impression d'être un tremblement de terre à moi toute seule. Il remarque mon trouble et, à ma plus grande surprise, il chemise une plaque de cuisson, se poste devant le bol de pâte à cookies, dépose un peu de farine dans ses mains et se met à former des boules qu'il roule entre ses paumes avant de les déposer à distance égale sur le papier.

– C'est bien comme ça que vous faites ?

J'acquiesce. Doucement, il me propose :

– Vous venez m'aider ?

Je parviens enfin à sourire et le rejoins pour former des boules de pâte.

– Voilà pour les cookies. Est-ce que vous me montreriez comment vous préparez vos délicieux éclairs à la vanille ?

Ensemble, nous confectionnons donc la pâte à choux puis la crème pâtissière. Sa présence me rassure et pour la première fois depuis mon arrivée, je me sens soutenue. Je n'ai pas encore de réponse concernant notre baiser, en même temps, je n'ai posé aucune question, mais j'ai l'impression que nous formons enfin une équipe.

Je fouette la crème et, une fois que celle-ci a la consistance souhaitée, je la retire du feu.

– Faites-moi goûter, demande Loïc.

Je saisis une petite cuillère que je plonge dans la préparation, souffle dessus pour qu'il ne se brûle pas et l'approche de ses lèvres. Je sens son regard sur moi pendant toute la manœuvre. Quand mes yeux s'accrochent aux siens, je constate qu'il sourit et je remarque un mélange de douceur et d'intensité dans ses prunelles sombres. Un frisson me parcourt. Il entrouvre la bouche tandis que j'y glisse doucement la cuillère puis semble faire rouler la crème avec sa langue pour en savourer toutes les nuances.

– Délicieux.

En disant ce mot, son regard toujours rivé au mien, j'ai la sensation qu'il ne parle pas de la crème. Est-ce cela l'intuition ?

Nous sommes interrompus par Thalia qui entrebâille la porte pour nous annoncer l'arrivée de Gustave et de Lisbeth pour la vente de chocolat et de vin chauds.

À contrecœur, je délaisse Loïc pour prendre des nouvelles des deux petits vieux. De toute évidence, ils se sont remis de leur indigestion, mais je conseille tout de même à Gustave d'y aller mollo avec l'abricotine aujourd'hui s'il compte boire l'une ou l'autre des boissons chaudes.

En revenant dans le labo, Loïc termine une fournée de pain de seigle avant de quitter la boulangerie pour quelques heures. Avant de partir, il me demande tout de même :

– Vous allez vous en sortir pour terminer les éclairs ? Ou vous voulez que…

Mon radar en fait encore des siennes. Je ne comprends pas s'il veut partir ou s'il espère que je lui demande de rester. Je perds mes moyens et bafouille :

– Euh, non, non, tout va bien. Allez vous reposer…

Je lis presque une pointe de déception dans son regard. Rien à faire, je suis vraiment maladroite dans ma manière de communiquer. Il s'en va et l'espace me semble tout à coup bien vide sans lui.

L'après-midi se déroule comme d'habitude, si ce n'est que nous avons de plus en plus de commandes pour les fêtes. J'ai lancé l'offre de bûches de Noël, mais nous réalisons que celle-ci rencontre un succès que nous n'avions pas planifié. Je vais avoir besoin de l'aide de Loïc et de Thalia pour honorer toutes les demandes.

Sans compter le travail qui m'attend pour le gala de l'association. Les prochains jours ne vont pas être de tout repos.

Lisbeth et Gustave sont occupés à vendre les derniers verres de vin et de chocolat chauds quand Germaine débarque. Je vois Gustave l'écouter attentivement, se livrer à une petite danse de la joie devant le stand puis entrer le sourire aux lèvres.

– Germaine nous propose une visite guidée privée de « La Maison de Grand-Maman ». Vous venez avec nous ? L'invitation est évidemment aussi valable pour vous Thalia, et pour vous Loïc.

Ce dernier qui était revenu en fin d'après-midi passait justement par là pour faire le point sur les ventes de la journée. Il me regarde, je le regarde. Il hésite une seconde puis, à ma plus grande surprise, répond comme si cette perspective le réjouissait :

– Je viendrais avec plaisir Gustave.

Il se tourne vers moi et me demande :

– Enfin, si ça ne vous gêne pas Lou ?

– Trrr…

Ah, tracteuuuur ! Je meurs d'envie de dresser une liste de tout ce qui me dérange avec comme point n° 1 « le baiser fantôme », mais je me reprends :

– Pas du tout. Mais… c'est quoi « La Maison de Grand-Maman » ? On va prendre l'apéro chez la doyenne de Grimentz ? Si c'est la grand-mère de Germaine, elle doit être très vieille…

Loïc explique, les avant-bras en appui sur le comptoir dans un air nonchalant qui le rend terriblement sexy :

– Vous êtes mauvaise langue.

Il se reprend avec un petit sourire en coin et baisse d'un ton afin que les autres ne l'entendent pas :

– Ce n'est pas ce que je voulais dire, elle est plutôt pas mal votre langue.

Puis, il se met à reparler normalement alors que moi, je n'entends plus grand-chose, je n'arrive plus à me concentrer.

– Il s'agit d'un logement d'époque que l'association a acquis pour garder un témoin du passé et montrer comment vivaient les Grimentzards.

– Serpentaaard ! hurle le petit vieux d'une voix grave.

Au moins, son cri a le mérite de me réveiller. Je suis habituée aux excentricités du petit vieux, mais ce n'est pas encore le cas de Thalia et de Loïc qui le dévisagent comme s'il faisait une crise de démence. Je tempère :

– Bravo, maintenant Gustave se prend pour le choixpeau.

Loïc a l'air perdu.

– Le « choixpeau » ?

– Le choixpeau magique. Dans *Harry Potter*. Si vous n'avez pas lu les romans ou que vous n'avez pas vu les films, il faut absolument y remédier ! Je vous les lirai pendant que vous travaillerez à présent !

J'aime tellement cette saga que mon fanatisme a peut-être légèrement pris le dessus sur ma timidité.

– Si c'est une proposition, j'accepte volontiers.

Je… quoi ? Erreur système. Nos regards sont accrochés l'un à l'autre et je me demande dans quoi je viens de me lancer, mais Germaine nous interrompt en entrant dans la boulangerie.

– Alors, on y va ?

Nous fermons donc le tea-room et nous mettons en route vers le centre du vieux village. Je marche à côté de

Thalia tandis que Loïc se tient légèrement en retrait et que Germaine mène le groupe, suivie par Lisbeth et Gustave, qui ne tarde d'ailleurs pas à accélérer et à agiter les bras avant de s'émouvoir et de hausser la voix :

– Je pars pour une aventure !

Une nouvelle fois, j'explique ses mouvements de folie et penche un peu la tête pour apprécier son imitation :

– Bilbo le Hobbit…

Thalia fronce les sourcils et hoche la tête.

– Il y a de l'idée.

Loïc s'amuse de l'attitude du petit vieux et commente :

– Elle a l'air chouette sa vie, il est toujours de bonne humeur.

– C'est une belle personne en tout cas, comme Lisbeth.

La petite vieille lui rappelle de faire attention et que son envie de monter dans un hélicoptère ne justifie pas qu'il se casse les deux jambes.

Comme la boulangerie est située en contrebas, nous empruntons le chemin le plus sûr pour monter et passons devant le restaurant *Les Becs de Bosson* puis devant l'*Hôtel de Moiry*. Ensuite, nous bifurquons à droite et prenons un escalier dans une petite ruelle transversale qui débouche sur une fontaine gris clair avec deux bassins. D'un grand geste, Germaine nous montre l'élément.

– Nous voici sur la place des Lavandières. Voilà la dernière fontaine en béton, réalisée en 1919. Vous pouvez constater qu'il y a deux bassins, le plus grand servait à laver le linge et le petit à le rincer. D'après le règlement de l'époque, il était interdit de faire des lessives avant huit heures et après seize heures. En effet, l'eau devait rester propre à la sortie et à la rentrée du bétail.

Nous nous glissons dans un passage avant de grimper encore quelques marches sur notre gauche. Une vitre permet aux curieux d'admirer l'intérieur de la maison d'époque en dehors des heures de visite. Germaine a plus d'un tour dans son sac et sort la clé pour nous permettre de pénétrer dans cette ancienne demeure.

– Voici l'une des premières bâtisses de Grimentz, d'après la datation de certains bois, elle aurait été construite aux alentours de 1529. La chambre est d'origine, vous pouvez remarquer qu'elle a gardé ses toutes petites fenêtres. Grâce à la générosité des gens de la vallée, nous avons pu récupérer du mobilier, des ustensiles et des outils afin de partager le quotidien et la vie rudimentaire d'une famille de l'époque.

Des casseroles en cuivre sont accrochées au mur, une grande table en bois traverse la petite pièce, un grand buffet occupe un angle sur notre droite et un lit spartiate se trouve dans l'angle sur notre gauche. En amont, Germaine nous fait passer par une cuisine traditionnelle reconstituée par des passionnés. Celle-ci est composée d'un âtre, quant à l'extérieur, on y trouve un vieux cabinet.

L'endroit est exigu et exige d'être attentifs les uns aux autres pour ne pas se marcher dessus. Loïc est ainsi à quelques centimètres de moi durant toute la visite, nos bras se frôlent et, plus d'une fois, il se tient derrière moi ou se penche par-dessus mon épaule pour observer les objets et écouter Germaine avec attention. Il prend néanmoins garde à toujours me laisser la meilleure place, celle avec le plus de visibilité et me guide avec douceur en me prévenant lorsqu'une poutre est trop basse. Je l'ai même surpris à poser sa main sur un coin de meuble pour éviter que je ne me cogne en négociant un angle un peu trop serré.

Quand nous sortons, nous nous rendons compte que les trois petits vieux sont encore à l'intérieur. Loïc et moi sommes toujours aussi proches l'un de l'autre alors que nous avons dorénavant tout l'espace nécessaire pour reprendre nos distances. Thalia nous observe comme si elle avait compris quelque chose que nous refusions encore de voir et prend congé dans un sourire qui veut tout dire. En s'éloignant, elle lance joyeusement :

– Profitez bien, la soirée est encore longue.

Gênée, je joue avec mes mains, osant à peine lever les yeux sur Loïc, ce qui est parfaitement ridicule, j'en conviens. Si je le regarde, je vais le remercier pour sa prévenance et je vais peut-être le mettre dans l'embarras, ou alors c'est moi qui me sentirais mal à l'aise. Pour éviter cette situation inconfortable, je préfère compter le nombre de sapins de Noël que j'aperçois à travers les fenêtres des maisons aux alentours. Les trois petits vieux finissent par sortir et nous en profitons pour remercier Germaine, qui nous a fait passer un excellent et instructif moment. Avant de nous quitter et d'emmener ses deux compères pour un apéro dans le caveau d'à côté, elle pose une main sur le bras de Loïc.

– Je suis ravie que vous ayez accepté de venir Loïc, c'était un plaisir de vous retrouver. J'espère avoir l'occasion de partager d'autres aventures avec vous dans un futur proche.

Maintenant, avec les confidences de Loïc, je comprends mieux la situation et je constate à quel point le boulanger a apparemment manqué aux gens du village. Il se contente de sourire puis nous les regardons s'éloigner. Est-ce que Germaine vient de faire une allusion au gala ou est-ce moi qui suis obnubilée par la montagne de travail qui nous attend ?

Sous le coup du stress, je m'entends lui demander le plus naturellement du monde :

– Pourriez-vous préparer quelques pains ? Et des mignardises salées ?

Il a l'air étonné.

– De quoi me parlez-vous ?

Je réponds d'un air désespéré :

– Pour le gala de Noël.

Il soupire :

– Vous vous rendez compte du travail que cela nécessite ?

– Moui...

Je tente le tout pour le tout et argumente du mieux possible :

– Mais avec les assortiments de cupcakes, les paquets de biscuits, la vente de vin et de chocolat chauds, les ateliers et les commandes de bûches de Noël, je ne vais pas m'en sortir.

– Très bien.

– Très bien ?

– Je vais vous aider. Qu'est-ce que vous faites là, tout de suite ?

– Je vous parle.

– Et ensuite ? Il est à peine vingt heures. On se met au travail ?

– Moui.

– Un moui, c'est un oui avec un « m » pour « motivation » ?

Je lui souris.

– J'aime bien cette idée, un moui de motivation. Comme le chalet est libre ce soir, nous pourrions nous installer dans le salon pour définir notre offre.

C'est ainsi que je me retrouve avec Loïc, assise sur le canapé, un carnet sur les genoux en train de noter nos idées de plats pour le buffet de Noël. Il s'est installé juste à côté de moi. Pas sur le fauteuil d'en face. *À côté* de moi.

Et je repense à notre baiser.

Encore.

Loïc a les yeux baissés sur la liste, il semble plongé dans une profonde réflexion. Concentré, il est terriblement attirant.

Je suis, moi aussi, penchée sur la liste, mais je n'arrive plus à réfléchir, mes neurones ont pris des vacances.

Ses lèvres.

S'il levait la tête, il se retrouverait à quelques centimètres de mon visage. Est-ce que je devrais lui demander la signification de ce baiser fantôme ? J'entends presque les voix de mes copines hurler dans ma tête : « Noooon, fais confiance à ton intuition. » Foutue intuition, elle a dû se barrer pour faire du ski avant de se saouler à l'abricotine.

J'entends vaguement une voix énoncer : feuilletés, mini-sandwichs, canapés, tuiles au parmesan, roulés au lard d'Anniviers, une centaine de personnes, quantités à prévoir…

Il est si proche de moi que je sens son odeur, son parfum frais et légèrement poivré comme un mélange de tabac et de vanille. Je me sens en sécurité avec lui, comme s'il y avait désormais un lien naturel entre nous, comme si nous nous connaissions. Ou comme si nous acceptions l'autre, enfin, après des débuts conflictuels et compliqués où il a œuvré à me rejeter, à me décourager, à me faire fuir. C'est un sentiment perturbant parce que je me sens également fébrile, excitée. Mon cœur tambourine un peu plus fort que d'habitude dans ma poitrine.

Il relève la tête et me surprend, les yeux dans le vague. Forcément, je suis trop occupée à respirer son pull alors il fronce les sourcils, apparemment préoccupé.

– Tout va bien Lou ?

Je sors de ma torpeur, le fixe, le temps se suspend, Loïc semble troublé, ma réponse tarde à venir. Normal, mon regard passe de ses yeux à ses lèvres.

Mon intuition revient. Et elle n'a pas l'air si saoule que ça puisque je meurs d'envie de l'embrasser.

Lui, il ne bouge pas d'un centimètre, mais je sens sa respiration s'accélérer, je sens son regard intense posé sur moi. J'entreprends un mouvement, si léger qu'il est à peine perceptible, mais c'est un mouvement qui nous fait entrer dans la zone d'intimité de l'autre, dans cet espace réservé et préservé que peu de personnes sont autorisées à franchir. Le signal est clair. L'impulsion, limpide.

Pendant une fraction de seconde, je perçois son hésitation. Il… il ne fait rien. Mais quand il bouge enfin, ce n'est pas dans la direction que j'espérais. Il s'éloigne, et son éloignement crée un vide. J'ai froid. Il a reporté son attention sur le sol, le visage tourné vers la sortie.

– Il faut que j'y aille.

Lui aussi, il se répète. C'est exactement ce qu'il m'a dit hier soir. Mais, cette fois, il n'y a pas eu de baiser. Il s'en va, je ne l'accompagne pas, mais je le regarde quitter la pièce puis je m'effondre sur le canapé, peste en attrapant un coussin et râle dedans pour étouffer ma frustration.

Je veux être remboursée. Mon intuition, elle craint.

Chapitre 9

Quoi de meilleur que des biscuits ?

Ce matin, je fais un déni de ce qui s'est passé hier soir. Et je me trouve très douée. Si Loïc est capable d'ignorer notre baiser, alors je suis tout aussi capable de feindre que les événements qui se sont déroulés sur ce canapé, ou plutôt le non-événement, n'ont pas eu lieu. Peut-être que je me suis trompée sur notre attirance. Sur ses intentions. Autant faire comme si de rien n'était. Comme si son attitude ne m'atteignait pas.

Nous allons collaborer comme d'habitude, comme deux collègues qui poursuivent le même but. Et c'est déjà une sacrée évolution si l'on compare la situation actuelle à celle de mon arrivée.

Hier soir, j'ai demandé à Thalia si elle avait le premier tome de *Harry Potter* à me prêter et elle est passée le déposer dans ma boîte aux lettres. J'arrive donc à la boulangerie, le roman sous le bras, avec quinze minutes d'avance sur mon planning pour commencer à le lire à Loïc pendant qu'il travaille. Je le trouve les mains dans la farine, affairé et concentré sur la fabrication de pain de seigle. Génial, il a l'air d'appliquer la même tactique que moi : le déni. Pour une fois, nous sommes raccord. Il lève les yeux de son pétrin en m'entendant arriver et m'accueille avec un sourire chaleureux.

– Vous êtes bien matinale ce matin.

– Et vous, vous semblez… dans le pétrin.

– J'avais presque oublié à quel point vous étiez drôle depuis hier soir.

Je réfrène mon fou rire et tente de garder mon sérieux, faisant mine d'ignorer sa remarque. Je me demande tout de même si j'étais drôle au moment où j'avais envie qu'il m'embrasse.

– Une promesse est une promesse.

Il fronce les sourcils alors je lui montre le livre, m'adosse contre ma place habituelle pour ne pas le déranger dans ses déplacements et commence à lire le premier chapitre des aventures du petit sorcier.

⋆

Ce soir, nous animons notre deuxième atelier pâtisserie avec comme thématique « biscuits de Noël ». Au programme ? Des étoiles à la cannelle, des croissants à la vanille et des macarons aux noisettes. Dans une semaine et demie, c'est Noël, et je n'arrive pas à croire que le temps ait passé si vite. Nous nous affairons à ranger le labo, à préparer le matériel et les ingrédients avec Thalia. La jeune femme fait des allers-retours entre la vitrine et la pièce du fond tandis que je sors les emporte-pièces.

À mon plus grand étonnement (décidément il n'arrête pas de me surprendre), Loïc nous rejoint et je le taquine en le voyant entrer :

– Encore vous ?

Il m'observe, une lueur d'amusement dans les yeux.

– Si je vous gêne, dites-le-moi tout de suite. J'ai beaucoup mieux à faire de mon temps que de préparer des biscuits.

Il retire son pull, se retrouvant en tee-shirt blanc devant moi, le tissu épousant ses muscles et laissant deviner des pectoraux et une taille fermes. Un violent désir me saisit, je sens une pression dans ma poitrine, une puissante envie de le toucher, de laisser mes mains découvrir son corps, de glisser mes doigts sous l'étoffe. Je n'avais jamais ressenti cette attirance pour un homme. Jamais ! Et cette tempête d'émotions provoque une multitude de questionnements en moi. Pour la première fois, j'ai envie d'un homme. J'ai envie de Loïc suffisamment fort pour dépasser ma peur de cette fameuse « première fois ». Mais, je crois que je me voile la face en tentant de me persuader que ce n'est qu'une histoire de désir…

Il passe sa veste de cuisine et retrousse ses manches, dévoilant ses avant-bras dessinés. Je suis en train d'observer ses mains quand je réalise que je n'ai toujours pas répondu à sa provocation. Autre chose que je remarque, il m'a fixée tout du long lorsqu'il s'est habillé. Un léger sourire étire ses lèvres et ses yeux me lancent presque un défi silencieux. Il sait. Il sait qu'il me plaît.

Je me reprends et feins l'indifférence en me concentrant sur ma mise en place, et réponds du ton le plus détaché dont je suis capable :

– Ah oui, comme quoi ? Parce que, s'il y a bien une chose que je sais, c'est qu'il n'y a rien de plus agréable à préparer que des biscuits de Noël.

Il réfléchit.

– Il y a des choses tout aussi agréables à faire, je vous le promets…

Sa voix grave et son sous-entendu m'achèvent. Parle-t-il vraiment de… ou est-ce que je me fais des idées ? Nous sommes interrompus par Thalia qui fait entrer les premiers participants qui sont, à peu de chose près, les mêmes que la dernière fois. Le visage du petit Elliot s'illumine dès qu'il repère Loïc et il court vers lui en hurlant son prénom. Loïc se met à genoux, écarte les bras, ce qui rend Elliot si joyeux qu'il accélère encore et se jette sur le boulanger qui referme sa prise pour lui faire un câlin.

– Je suis content, on va faire des biscuits. Il y a rien de mieux que de faire des biscuits ! s'enthousiasme-t-il.

Je profite de l'occasion pour glisser à Loïc :

– Vous voyez ?

– Vous dites cela parce que vous n'êtes peut-être pas tombée sur le bon biscuit.

Perturbée par sa phrase, je lutte pour me concentrer et débuter l'atelier. Les participants sont à l'écoute et suivent mes instructions, Loïc reste auprès d'Elliot pour l'aider, ce qui a l'air de ravir M. Tribolet qui profite d'une pause certainement bien méritée. Lisbeth montre à Gustave comment malaxer les préparations avec douceur et fermeté, même si j'aperçois le petit vieux en train de former une limace avec la pâte à la cannelle, un air enfantin peint sur le visage. Dès que je le repère, il fait mine de regarder le plafond et cache sa limace avec ses mains, ce qui me fait éclater de rire. Loïc lève la tête, se demandant sûrement pourquoi le fait de casser un œuf, ce que je suis en train de faire, provoque une telle hilarité.

– C'est Gustave, je crois qu'il préfère fabriquer des biscuits en forme de gastéropode plutôt que des étoiles.

– C'est un rebelle. J'aime beaucoup vous entendre rire.

– Qu'est-ce qui vous arrive ? Vous devenez drôlement sentimental d'un coup.

– C'est peut-être ça la magie de Noël.

Quand je détaille la scène autour de moi, mes petits vieux qui se marrent en fabriquant des biscuits limaces (Gustave a perverti Lisbeth), Thalia qui décore les étoiles à la cannelle avec Germaine, Loïc qui aide le petit Elliot à positionner les emporte-pièces sur la pâte, le tout sur fond de chants de Noël, je suis prise d'un drôle de sentiment d'amour et de fierté.

Loïc a raison.

On a réussi à fabriquer de la magie. J'ai réussi, à mon échelle, à créer un peu d'enchantement.

Nous terminons la soirée par une dégustation de biscuits. Ils sont croquants à l'extérieur et moelleux comme il faut à l'intérieur, et tout le monde se régale. Elliot, le sourire jusqu'aux oreilles, est en train de mâcher son quatrième petit gâteau et postillonne joyeusement :

– Moi, mes préférés, ce sont les biscuits à la limace de Gustave !

– En voilà un qui a bon goût, répond fièrement le petit vieux.

Nous emballons ensuite le reste dans des paquets pour que les participants puissent les emporter à la maison puis nous prenons congé les uns des autres. Le père d'Elliot qui attendait la fin de l'atelier à l'extérieur profite du départ de Germaine, restée quelques minutes pour faire le point sur notre offre de Noël, pour entrer et prendre Loïc à part.

– Vous êtes le responsable de la boulangerie ? J'aimerais m'entretenir avec vous.

Je les entends discuter derrière moi pendant que je termine le rangement, mais ne parviens pas à entendre ce dont ils parlent. Je profite d'une petite pause pour poster la courte vidéo que j'ai filmée ce soir sur mon compte Instagram, et les réactions ne tardent pas à pleuvoir.

Magnifique, vive Noël, les biscuits ont l'air délicieux, on a hâte de les préparer…

Comme lors de notre dernière soirée au labo, nous finissons tous les deux, seuls, de tout nettoyer. J'ai laissé les chants de Noël tourner pour nous encourager, et je réalise à quel point, en cet instant, je me sens bien. Je me sens à ma place à Grimentz, dans cette petite boulangerie de montagne. Avec lui.

Quand le travail est terminé, nous éteignons les lumières, éreintés, mais heureux, et sortons dans le froid de l'hiver. En silence, nous marchons en direction de nos chalets respectifs, Loïc à côté de moi, nos pas s'enfonçant dans la neige qui est encore tombée toute la soirée. Arrivés devant mon appartement, il s'arrête, se penche vers moi et murmure à mon oreille :

– Merci pour la lecture de ce matin, j'ai beaucoup apprécié. Comme tout le reste. Merci Lou. Pour tout.

Il est si près de moi que je sens son souffle dans mon cou, un frisson secoue mon échine, un courant électrique descend dans mon ventre. Comment quelques mots susurrés peuvent-ils me faire cet effet ? Comment « lui » peut-il me faire cet effet ?

Ce ne sont pas des casseroles qu'il traîne, mais d'énormes chaudrons. Pourtant, quand je vois sa gentillesse, sa complicité avec Elliot, sa bienveillance envers Thalia et envers moi depuis quelque temps, son humour, sa détermination, je me dis qu'il y a suffisamment de meubles à sauver et que les casseroles, ça ne compte peut-être pas tant que ça dans l'ensemble du mobilier. Après tout, nous en avons tous, moi la première.

– Bonne nuit.

– Bonne nuit Loïc.

Je le regarde s'éloigner dans les flocons qui dansent et mon cœur virevolte dans le vent de mon âme.

La somme de travail avant Noël est si conséquente que nous enchaînons les heures supplémentaires avec Thalia et Loïc, et que nous prenons à peine une demi-journée de congé par semaine pour nous ressourcer.

Cet après-midi, après avoir fabriqué et vendu pains, cupcakes et autres biscuits toute la matinée, nous avons décidé de nous octroyer une demi-journée de congé et nous nous sommes laissés embarquer dans une activité qui comptait beaucoup pour Gustave : la visite d'un alpage et, surtout, la découverte de la fabrication du fromage. Je ne sais pas vraiment comment les deux petits vieux et Germaine sont parvenus à convaincre Thalia et Loïc de faire partie de cette expédition, mais ils sont tous là. En fait, c'est grâce à Germaine que l'activité a pu s'organiser puisqu'en temps normal les alpages proposent des ateliers entre mai et octobre, mais parmi ses contacts, un fromager a accepté de nous montrer son savoir-faire. Décidément, elle a plus d'un tour dans sa besace de montagnarde.

Nous voilà donc dans un minivan en direction d'une ferme nichée dans les hauteurs, à plus d'une heure de route de Grimentz. La neige recouvre le toit de la bâtisse en bois et en pierre, une fontaine et des enclos témoignent de la présence des vaches lors de la belle saison. À l'intérieur, un feu crépite dans la cheminée, un gros chaudron en cuivre se tient à quelques centimètres d'un autre foyer. Nous sommes accueillis par le maître fromager des lieux, Armand, un bonhomme chaleureux au visage rond et aux joues rouges. Je mettrais ma main au feu que la relation entre Germaine et lui est loin d'être platonique vu la manière dont ils se dévorent des yeux.

Armand nous invite à nous mettre en cercle autour du grand chaudron rempli de lait et nous explique les secrets de la fabrication, tout en mélangeant le liquide.

– Tout d'abord, il faut chauffer lentement le lait sans cesser de remuer, c'est ce qu'on appelle la phase de caillage. Pour que le processus réussisse, on ajoute de la présure, soit des enzymes, qui vont permettre au lait de coaguler.

Gustave est si fasciné par son sujet qu'il prend des notes sur un carnet et des photos avec son téléphone. Une masse gélatineuse se forme peu à peu sous nos yeux ébahis. Après le caillage, le fromager tranche l'amas jaunâtre à l'aide d'un découpoir pour obtenir des grains de fromage.

– C'est incroyable, je m'exclame.

– On dirait un épisode de *Martine à la ferme*, se moque gentiment Thalia devant notre méconnaissance du procédé.

– J'imagine que ce n'est pas à Paris qu'on peut assister à ce genre d'expérience, ajoute Loïc. Vous comprenez maintenant pourquoi j'aime autant la montagne.

– Oui, je commence à comprendre le charme de vos alpages. Enfin, il faut tout de même aimer être isolé, vivre d'air pur, de raclette et d'abricotine. Personnellement, le bruit, les gaz d'échappement et les gens qui râlent tout le temps commencent vraiment à me manquer.

Il rit et une étincelle d'amusement perce dans ses prunelles foncées.

– Je pense que le plus important n'est pas le lieu où on vit, mais avec qui on est…

Le regard que nous nous lançons est lourd de sous-entendus et notre rapprochement ne passe pas inaperçu, si j'en déduis les sourires en coin de nos compères.

Une fois qu'Armand a obtenu la consistance souhaitée, il verse la masse avec le petit-lait dans des moules perforés pour que le liquide puisse s'écouler. Le fromage sera ensuite pressé avant d'être passé dans un bain de sel puis affiné pendant au moins trois mois. Après la démonstration du fromager, je vois Gustave négocier avec Armand à voix basse. Qu'est-ce qu'il prépare encore ?

Ils vont faire un tour dans la réserve et le petit vieux revient avec deux bidons de lait, un dans chaque main avant de s'exclamer sous nos yeux ahuris :

– J'ai acheté tout le matériel pour fabriquer mon propre fromage ! Armand m'a même vendu de la présure. Et je compte sur vous tous pour être mes premiers cobayes !

Après les zombies, les limaces, l'abricotine, le petit vieux vient de se trouver une nouvelle activité et moi, je crains le pire. Nous marmonnons des borborygmes pas très clairs qui ressemblent à des « mourf » et prétextons devoir partir à cause de l'heure tardive pour éviter de répondre.

Germaine, qui conduit le minivan (elle sait vraiment tout faire !), nous ramène sur le parking de la place du Mélèze, mais Loïc m'intercepte alors que je m'apprête à suivre mes deux petits vieux :

– Lou, attendez ! J'ai encore besoin de vous aujourd'hui.

Son air malicieux m'alerte et je le détaille, méfiante.

– Qu'est-ce que vous mijotez ?

– Vous me faites confiance ?

– Joker ?

Il lève un sourcil, mais ne perd pas son éclatant sourire et me tend la main. C'est quoi le piège ? Je la saisis et le laisse m'entraîner un peu plus loin sur le parking où il me fait monter dans son SUV sous les yeux approbateurs de notre petit groupe.

La nuit tombe tandis qu'il conduit quelques minutes jusqu'à une vaste exploitation forestière, un peu plus haut dans la montagne. Des guirlandes de lumières sont accrochées aux arbres, une cabane fait office de caisse et, sur des présentoirs en bois, je découvre du houx, du gui et des branches de sapin.

– C'est le village du Père Noël ?

– Pas loin : c'est le plus grand marché aux sapins des alentours, m'annonce-t-il d'un ton réjoui.

Dehors, les effluves boisés des épicéas et des Nordmann emplissent mes narines, et je respire intensément en fermant les yeux. Qu'est-ce que j'aime ces odeurs !

– C'est beau, j'adore, mais la boulangerie est un peu petite pour ajouter un sapin, à moins que vous n'ayez envie de le mettre dans le labo. Mais je suis certaine que c'est interdit pour des raisons d'hygiène.

– Nous allons choisir le sapin pour le gala de Noël de l'association, il nous faut un grand spécimen pour la salle des fêtes !

Je pousse un hurlement de joie et remarque qu'il est, de toute évidence, très fier de son coup. Nous nous mettons alors en quête du plus bel arbre en parcourant les allées.

– Celui qui trouve LE sapin gagne le dîner de ce soir, me lance-t-il sur un ton de défi.

– Deal !

Nous nous tapons dans les mains puis filons chacun de notre côté en pouffant comme des ados dans le but de remporter cette compétition bon enfant. Je repère un épicéa au loin, il est énorme, vert foncé et ses branches épaisses et nombreuses lui donnent fière allure. Je me précipite vers lui, mais en arrivant je trouve Loïc à côté en train de demander à un vendeur d'emballer le conifère. Je lui balance une légère tape sur le bras.

– C'est de la triche ! Vous connaissiez l'allée avec les plus grands sapins, avouez-le.

Il rit et acquiesce avant de reprendre son sérieux :

– Ce sapin vous convient ? Si c'est le cas, je vous propose que nous allions le déposer à la salle des fêtes puis que nous préparions ensemble ce fameux dîner. Ça vous tente ?

Le sapin chargé sur le toit de la voiture, nous regagnons Grimentz où nous empruntons la route de Moiry pour nous arrêter devant la salle polyvalente du village. Décharger le sapin est une autre paire de manches ! Grâce à nos efforts conjugués, nous parvenons à l'emmener à l'intérieur et ce que j'y découvre me donne envie de pleurer.

Les petits vieux, les membres de l'association et un groupe d'enfants sont en train de décorer la salle. Gustave entonne un *Jingle Bells* plein de bonne humeur en massacrant les paroles (tant qu'il ne chante pas *Dudule* devant les enfants, ça me va), tout en accrochant des guirlandes aux quatre coins de l'immense pièce. Germaine nous aperçoit et s'émerveille devant le sapin.

– Vous êtes des amours tous les deux, il est magnifique ! C'est une très belle surprise.

– C'est une idée de Loïc, je précise.

– Mais Lou m'a aidé à le choisir et à le transporter.

Nous la suivons tout en portant tant bien que mal notre arbre géant et suivons ses indications pour le positionner et l'installer au centre de la salle. Loïc coupe les ficelles qui l'enserrent et les branches se déploient sous les cris émerveillés des enfants. Comme tout le monde est dorénavant rassemblé autour, Germaine propose, les yeux pétillants :

– Et si on le décorait tous ensemble ?

C'est ainsi que nous nous retrouvons, les membres de l'association, les enfants des camps de ski, Loïc et moi, à installer guirlandes et boules colorées sur l'arbre. Pour atteindre les branches les plus hautes, le boulanger s'est posté sur un escabeau et j'ai pour mission de lui passer les décorations. Je peux compter sur le petit Elliot, qui nous a raconté être en camp de ski pendant toutes ses vacances, pour m'assister dans ma tâche, même si le garçonnet a le plus grand mal à rester concentré avec toute cette excitation ambiante.

– Tu veux mettre l'étoile sur la pointe du sapin ? demande Loïc.

Il acquiesce, motivé, mais un peu intimidé par l'importance de sa mission. Loïc l'aide à grimper sur l'escabeau et lui tient fermement la taille pour le hisser jusqu'à la cime tout en l'encourageant par des mots réconfortants.

– Bravo, tu as réussi !

Elliot gigote de plaisir et, une fois redescendu de son perchoir, serre Loïc dans ses bras. Moi, j'ai les larmes aux yeux devant la scène qui se déroule devant moi.

Le résultat dépasse nos espérances quand Loïc allume les guirlandes et les lumières, et l'émerveillement se lit dans les yeux des enfants. J'ai passé la dernière heure à voir des personnes âgées rire avec des jeunes et s'entraider pour réussir à rendre cette salle chaleureuse et festive.

Noël n'a jamais été une période particulièrement festive ou joyeuse pour moi, ma famille décimée aux quatre coins de la France n'étant pas très présente et, si je n'avais pas eu mes amies, j'aurais certainement passé toutes les fêtes précédentes devant mon poste de télévision avec mes fidèles sex-toys comme compagnons de soirée ou au travail, ce qui est d'ailleurs arrivé plus d'une fois dans mon ancien job de réceptionniste d'hôtel. À vrai dire, je me portais systématiquement volontaire pour accueillir les clients durant cette période et je rejoignais Célia et Chloé quand mon emploi du temps me l'autorisait.

C'est ici, à Grimentz, aux côtés de Lisbeth, Gustave, Germaine, Elliot, Thalia et Loïc, que je réalise à quel point Noël peut s'avérer enchanteur et magique. À quel point, et malgré nos *a priori* sur les êtres humains, nous sommes capables de solidarité, de bienveillance et d'entraide. Prendre le temps et l'accorder aux personnes qui comptent, c'est l'essence de la vie, non ?

J'ai hâte de retrouver Chloé et Célia, leurs copains respectifs et de les présenter à Loïc, Thalia et Germaine. Je tamponne mes yeux humides en reniflant le plus discrètement possible quand j'entends la voix de Loïc derrière moi.

– Vous pleurez ?

Je me retourne et me retrouve face à lui.

– Bien sûr que non, j'ai une poussière de lutin dans l'œil.

Il me dévisage, mais je lis tellement de douceur dans son regard que je lui avoue :

– Oui, je pleure. En fait, je… je suis émue, je n'ai pas l'habitude de tout ça.

Je fais un geste pour montrer la salle, les gens, lui.

– C'est beau. Vous ne trouvez pas ?

Il réfléchit à la question, je me remémore tout ce qu'il m'a confié sur ces dernières années, sur sa souffrance, et j'espère ne pas avoir été trop maladroite.

– Vous avez raison, oui, c'est beau.

Nous prenons le temps d'observer, un peu rêveurs, la scène qui se déroule autour de nous, avant qu'il ne poursuive :

– C'est grâce à vous, Lou. Cette beauté... c'est grâce à vous.

Nous restons l'un en face de l'autre, mais si je ne bouge pas ou que je ne dis rien, je vais pleurer de plus belle, alors je propose pour faire diversion :

– C'est l'heure de préparer notre dîner, non ? Je meurs de faim. Je vous emmène au chalet, on trouvera certainement de quoi cuisiner dans les placards.

Nous quittons la salle des fêtes en même temps que les enfants qui retrouvent leurs familles respectives et laissons les membres de l'association poursuivre l'installation de la salle. En réalité, je les soupçonne de préparer l'apéro parce que j'ai vu Gustave sortir quelques bouteilles d'abricotine et de Williamine d'un carton.

Au chalet, nous fouillons dans les réserves qui débordent de provisions grâce à la prévoyance de Lisbeth, et Loïc propose de concocter des macaronis du chalet avec des pommes de terre, des pâtes, de la crème et du fromage.

Pendant qu'il découpe les oignons en rondelles, je mets les pommes de terre détaillées en gros cubes à cuire selon ses directives, attends cinq minutes de cuisson et y ajoute les macaronis. Il renifle, luttant comme il peut contre l'attaque des oignons, et essuie ses yeux avec sa manche sans s'arrêter pour autant. L'occasion est trop belle pour ne pas profiter de le taquiner :

– Vous pleurez ?

Il éclate de rire et entre dans mon jeu, pointant sa coupelle avec ses rondelles dans un grand geste :

– C'est beau, vous ne trouvez pas ?

– On parle de vos oignons-là ?

Il continue sur sa lancée :

– Je suis ému, je n'ai pas l'habitude de tout ça.

– Vous vous moquez de moi !

– C'est vous qui avez débuté les hostilités.

– Vous avez une mémoire beaucoup trop performante.

– C'est vrai, je me souviens de beaucoup de choses. Je me souviens du jour où vous avez débarqué dans ma boulangerie avec vos idées folles, votre détermination, votre envie de m'aider et votre bonne volonté. Avec vos cupcakes colorés et vos cookies. J'ai été un vrai con avec vous et je m'en excuse. Je… je ne voulais pas être entouré, je voulais qu'on me laisse tranquille.

– Et maintenant ?

Ma voix s'est muée en murmure. Nos yeux sont rivés l'un à l'autre, le sentir si près de moi a quelque chose d'excitant, c'est comme si je pouvais sentir son énergie, sa force, son… désir ?

Nous avons passé beaucoup de temps ensemble ces derniers jours et j'avoue que sa présence, sa répartie et son humour me plaisent et me séduisent de plus en plus. Il s'est ouvert à moi et m'a confié son histoire, son passé. Paradoxalement, mes craintes se multiplient de manière proportionnelle. Logique. Il m'a tout de même embrassée puis… plus rien. Et s'il me considérait comme sa meilleure pote ? Où est passée cette fichue intuition ?

L'eau de la casserole déborde dans un « pschitt » détonnant, détournant notre attention. Loïc s'éloigne de moi et se précipite pour la retirer du feu, égoutte la préparation puis y ajoute la crème, les oignons et le fromage. Il sert deux assiettes et quand il me tend la mienne et que je croise son regard, je sais. Je sais qu'il est conscient de ne pas avoir répondu à ma dernière question. Et moi, je ne suis pas certaine d'avoir envie de connaître la réponse.

Après lui avoir préparé un thé, je me sers un verre de vin blanc et nous rejoignons le salon pour déguster nos plats. Mais mes émotions me coupent l'appétit et je picore quelques pâtes, très savoureuses du reste.

– Vous n'aimez pas ?

Sa voix me sort de ma rêverie et j'enfourne alors une grande quantité de pomme de terre dans ma bouche parce que je n'ai aucune envie de lui confier ce que j'ai sur le cœur et que si je n'ai pas faim, c'est parce que sa présence me perturbe, c'est parce que je pense encore à notre baiser. Je fais mine de ne pas pouvoir lui répondre en lui montrant mes joues de hamster. La diversion est parfaite.

– Chacun son tour, c'est ça ?

Mince, ma diversion n'est donc pas si parfaite. Il soupire et pose son assiette sur la table basse avant de lever les yeux sur moi. D'un mouvement, il se glisse plus près de moi sur le canapé, saisit mon assiette pour l'éloigner de moi et la mettre à côté de la sienne. Craint-il de se recevoir une attaque de pâte et de crème dans la figure ? Qu'est-ce qu'il s'apprête à dire ?

Les battements de mon cœur s'accélèrent. C'est l'un de ces moments où vous pressentez qu'il va se passer quelque chose d'important, que ce soit bon ou mauvais, mais vous le savez. Le stress monte encore d'un cran quand il saisit ma main, l'air concentré, il semble chercher ses mots, il réfléchit.

– Je ne sais pas exactement ce que je veux maintenant. Je connais l'implication, l'énergie qu'exige une relation. Mais ce que je sais, c'est que je ne suis plus tout à fait le même depuis que vous… depuis que tu es arrivée dans ma vie.

J'ai du mal à avaler ma salive. Je frissonne. Il s'approche. Sa main remonte jusqu'à mon visage, il la passe dans ma nuque, son pouce suit la ligne de ma mâchoire puis il cueille mes lèvres et m'embrasse. Sa langue joue avec la mienne et notre baiser devient plus profond, plus intense, plus passionné. L'excitation grimpe encore d'un coup quand il me renverse sur le canapé et qu'il s'installe sur moi, ses mains partant à la découverte de mon corps.

Tu dois lui dire, Lou.

– Et si on allait dans ta chambre, murmure-t-il contre ma bouche.

C'est maintenant. Je n'ai aucune envie que ce moment s'arrête. J'ai envie de lui, je sens ce désir profond, animal, du plus profond de mon ventre même si j'appréhende ce moment. Est-ce que j'aurai mal ? Comment va réagir Loïc ? Se montrera-t-il suffisamment compréhensif, suffisamment doux dans ses gestes et dans la gestion de ses propres envies ?

J'acquiesce, me relève et l'entraîne par la main dans la chambre du fond. En moi, c'est un ouragan qui fait rage. Un orage de montagne. Face à moi, il commence à me déshabiller, mon pull, mon débardeur, il caresse mes seins par-dessus mon soutien-gorge de ses mains chaudes et avides, et me bascule sur le lit. Il dévore mon cou et sa langue descend sur la pointe de mon téton alors qu'il le libère d'un geste. Son autre main sillonne ma hanche, ma cuisse et remonte vers mon entrejambe. Dans un soupir, je l'arrête en saisissant sa main.

Étonné, il s'écarte de moi et me regarde tandis que je reprends mes esprits.

– Attends, je dois te dire quelque chose.

Il se redresse sur un coude et m'observe, le souffle rendu court par l'excitation. Je bafouille :

– Il faut que tu saches que…

J'ai du mal à respirer, la confidence demande du courage, mais je ne peux pas la taire, il a le droit de savoir. C'est beaucoup plus honnête ainsi et ça lui permettra de s'adapter à mon inexpérience.

– Je ne l'ai jamais fait.

– Tu n'as jamais fait quoi ?

J'imagine bien à quel point être toujours vierge à trente-cinq ans peut surprendre un homme de cet âge-là. Preuve en est, il ne voit pas du tout de quoi je parle. Dans une grande inspiration, je lâche enfin cet aveu si difficile à faire :

– Je n'ai jamais fait l'amour.

– Tu veux dire que… ?

– Que c'est ma première fois.

Il a un mouvement de recul.

Je m'attendais à tout sauf à ce qui s'est passé ensuite.

Il ne revient pas vers moi. Il me fixe d'un air incrédule et se relève, face contre le mur il passe une main dans ses cheveux pour reprendre ses esprits. Quand il se retourne, son expression est différente, ses yeux ont perdu cette lueur qu'ils avaient quelques secondes plus tôt.

– Une première fois, c'est important, Lou. Je ne sais pas si…

Je prends son rejet comme une claque. La seconde claque intervient quelques secondes plus tard quand il conclut d'une manière lapidaire tout en réajustant ses vêtements chiffonnés par nos ébats :

– Je ne peux pas…

Et il s'en va.

Chapitre 10

Chocolat cœur coulant

« Une première fois, c'est important. » Les paroles de Loïc tournent en boucle dans ma tête. Comme une douloureuse litanie. C'est justement parce qu'il est important pour moi que je l'avais choisi, lui. Parce que, pour moi, c'était une preuve de confiance. Pire, c'était une preuve d'amour. Apparemment, les enjeux étaient différents pour lui et ce constat me fait tellement mal que j'ai l'impression qu'une partie de moi est en train de mourir.

J'ai passé la nuit à pleurer, la pression sur mon plexus, le trou dans mon cœur et la brûlure dans ma poitrine ne m'ont laissé que peu de répit. Ma tête trahit mon manque de sommeil et ma douleur, j'ai le teint terne, les cernes creusés, les traits chiffonnés. Si je n'avais pas pris autant d'engagements envers les habitants de Grimentz, envers Thalia et Germaine, j'aurais démissionné, j'aurais laissé tomber, je serais simplement partie. Mais je ne suis pas comme ça. Au moins, les doutes qui subsistaient quant aux sentiments de Loïc à mon égard ont fondu comme neige au soleil. Il ne ressent rien pour moi. Il n'a pas voulu être le premier, prendre cette responsabilité. Prendre cette place si importante que je souhaitais de tout mon être lui donner.

Je traîne les pieds pour me rendre à la boulangerie et même la chaleur du lieu et les odeurs de pain frais ne suffisent pas à m'insuffler un peu de bien-être.

Je suis triste. Je n'ai aucune envie d'être là, je n'ai pas le cœur à travailler, à fabriquer des gâteaux, à préparer les fêtes. « Avoir le cœur à… ». Drôle d'expression qui correspond parfaitement à mes états d'âme. Mon cœur. Ratatiné. Rapiécé. En éclats depuis hier.

En me remémorant la journée que nous avons passée ensemble, je revois la joie qui m'a transcendée, ce bonheur si intense qui m'a habitée tout entière, l'alpage, le sapin, le repas, lui. J'ai cru toucher les étoiles. J'étais si haut perchée sur mon nuage que j'ai oublié que la chute pouvait s'avérer mortelle. Je ne me suis pas méfiée, j'ai cru que je méritais enfin ma part d'amour.

L'ambiance entre nous ne pourrait être plus distante même si je vois bien les regards tristes qu'il me lance entre deux fournées de pain. Je crois même qu'il a tenté de me parler quelques fois, mais je suis fermée à toute tentative de discussion. Un coffre-fort ne ferait pas mieux.

C'est avec un soulagement immense que je rentre à la fin de la journée et que je me mets au lit dans l'espoir de dormir pour oublier ma douleur. Pourtant, je ne trouve pas le sommeil. Il est à peine vingt heures quand j'entends du remue-ménage et la sonnette du chalet retentir puis des petits pas prenant la direction de ma chambre. Lisbeth toque à ma porte et passe la tête dans l'entrebâillement avant de prononcer d'une voix douce :

– C'est Loïc. Il aimerait vous voir.

Mon cœur se serre. Je rabats le duvet sur ma tête et marmonne, mais la petite vieille ne semble pas avoir bougé. Je sors la tête de mes plumes pour grogner :

– Dites-lui d'aller se faire voir dans son labo de malheur, de mettre sa tête dans une pâte à biscuits et de respirer bien fort.

Elle semble répéter à voix basse ce que je viens de dire pour être sûre de ne rien oublier. Je la vois se concentrer puis s'arrêter sur un mot et me demander :

– Qu'est-ce qu'il fallait faire avec la pâte à biscuits ?

Je me lève à contrecœur, presque certaine qu'elle l'a fait exprès.

– Laissez tomber Lisbeth, je vais y aller.

J'aurais juré l'avoir vue sourire. Les battements dans ma cage thoracique s'intensifient au fur et à mesure que j'approche de l'entrée. Après tout, il faut bien que j'affronte la situation et dans ma tête, c'est très simple. Il suffit que je lui dise d'aller se faire voir puis de claquer la porte. Mais devant lui, mes plans s'évanouissent et je n'ai pas le temps de prononcer un mot qu'il me devance :

– Je suis désolé Lou. Je regrette, j'ai mal réagi hier soir.

Pour une fois, nous sommes d'accord. Aucun mot ne franchit mes lèvres, je l'écoute tandis qu'il poursuit :

– Ce que je voulais dire, c'est que je ne pouvais pas le faire comme ça. J'ai été surpris et décontenancé.

Là, il fait un truc que je n'avais pas du tout envisagé, il me tend la main.

– Viens. Suis-moi, s'il te plaît.

Comme je ne bouge pas, il répète d'un ton déterminé :

– Viens.

Lisbeth, qui était certainement cachée derrière un meuble pour nous observer, bondit comme une gazelle, mon manteau dans les mains, et m'emballe dedans avant de mettre mes pieds dans des bottes.

– Allez, zou ! dit-elle en me poussant dehors.

Je ne réalise pas vraiment ce qu'il se passe, mais me voilà dans le froid, ma main dans celle de Loïc qui m'entraîne dans les ruelles en direction des hauts du village. Après une dizaine de minutes de marche, il s'arrête devant un chalet individuel qui domine Grimentz, ouvre la porte et m'invite à entrer. Je n'ai toujours pas prononcé un mot. Dans le salon, il me propose de m'asseoir, un seau à champagne trône sur la table et il ouvre la bouteille avant de me servir une coupe.

– Attends-moi, j'arrive.

Il met de la musique, une mélodie douce et envoûtante, et c'est là que j'aperçois des bougies. Des dizaines de bougies qu'il allume les unes après les autres. Je le regarde faire, hypnotisée, tout en buvant le vin pétillant. C'est irréel.

Est-ce que je vais me réveiller ? Je sais ce qu'il fait, mon corps prend conscience de ce qui se prépare et je commence à stresser. Un peu. Juste ce qu'il faut je crois.

– Suis-moi.

Sa voix est déjà une caresse. La première. Ma respiration s'accélère et mon cœur bat la chamade quand il m'emmène dans sa chambre, baignée dans une lumière tamisée grâce aux bougies qu'il a également pris soin d'installer sur les tables de nuit et sur les différents meubles. Chacun de ses gestes est empli de douceur. Quand il me déshabille lentement. Quand il m'embrasse. Quand il commence à me toucher.

– À n'importe quel moment, tu peux me dire d'arrêter. Si quoi que ce soit ne te convient pas, dis-le-moi. D'accord ?

J'acquiesce.

Il prend le temps de me caresser, de parcourir chaque parcelle de mon corps, d'effleurer chaque recoin de ma peau. Je réponds avec la même délicatesse, avide de le découvrir, curieuse de ces nouvelles sensations, prête à m'offrir le précieux cadeau d'avoir attendu l'homme que je voulais pour ma première nuit de sexe. Et d'amour.

Dans les bras l'un de l'autre, alors que nous nous apprêtons à sombrer dans le sommeil et qu'il me serre contre lui, il murmure à mon oreille :

– C'est ça que tu méritais, Lou. Une belle première fois parce que cette nuit, tu ne l'oublieras jamais.

Mon cœur explose de joie.

Le lendemain, nous arrivons ensemble à la boulangerie, main dans la main et je crois que nos sourires en disent long sur notre état. Thalia nous jette d'ailleurs un regard malicieux et ne manque pas de nous charrier :

– Je le savais. Je le savais !

Loïc feint de ne pas l'avoir entendue, mais je le vois rire tandis qu'il rejoint le labo. Thalia me talonne, excitée comme une puce.

– Alors, comment est-ce arrivé ? J'attendais ça depuis tellement longtemps. Il t'a déclaré sa flamme ? Il t'a dit quoi ?

– Je ne vois pas de quoi tu parles.

Elle gémit.

– Sérieusement ? Vous n'avez pas le droit de me faire ça ! Et ne me redis pas que tu ne vois pas de quoi je parle !

Je tente de garder mon sérieux :

– On a plein de boulot aujourd'hui, Noël approche à grand pas !

– Vous n'êtes pas drôles…

L'ambiance n'a jamais été aussi joyeuse à la boulangerie. J'ai poursuivi la lecture de *Harry Potter* avant de commencer à fabriquer les cupcakes au pain d'épices, nous avons avancé dans les préparations du gala tout en se volant des baisers entre deux fournées de cookies, Lisbeth et Gustave ont vendu tout le vin et le chocolat chauds, et les commandes de bûches ont encore explosé.

*

Au départ, il ne voulait pas. Et je comprends parfaitement sa réticence. Je sais à quel point c'est compliqué et difficile pour Loïc de retourner à Bendolla, mais le temps ensoleillé se prête si bien à une balade que j'avais envie de profiter de nos quelques heures de congé pour flâner à la station de ski et boire un verre au restaurant de montagne.

Je sentais aussi que c'était important pour lui, pour son évolution. Un pas en avant dans sa reconstruction. Et je compte bien le soutenir de mon mieux pour que nous puissions nous construire de beaux souvenirs sur les ruines de son passé et de cet accident qui l'a brisé.

Là-haut, la vue est à couper le souffle, et après avoir dégusté un chocolat chaud nous marchons dans la neige, chahutant comme des enfants. Je sens que Loïc se détend au fur et à mesure de l'après-midi même si je remarque parfois son regard et son air vague alors qu'il doit se perdre dans ses souvenirs. Mais il est là, avec moi, et cette preuve de confiance me touche beaucoup. Pour lui changer les idées, je profite de son inattention et le laisse prendre quelques mètres d'avance sur moi pour me baisser et ramasser de la neige que je tasse entre mes gants. Il n'a rien vu venir quand la boule s'écrase dans son dos.

– Dix points pour Gryffondor ! je hurle tout en préparant une seconde salve.

– Je t'en ficherais des Gryffondor ! Viens là !

Il se met à me courir après en riant et finit par m'attraper et par me hisser sur ses épaules, me faisant basculer dans son dos. Je bats des pieds et des mains pour me défendre.

– Repose-moi, j'ai le vertige !

– Baliverne !

– Qui dit encore « baliverne » à notre époque ?

– Les gens cultivés !

Ma tête se retrouve à proximité de ses fesses musclées et j'admire la vue avant de me laisser trimballer ainsi, les mains posées sur son adorable postérieur.

– Il me semble que tu profites de ta position…

– Pas du tout, je profite juste de la vue. C'est la plus belle de la montagne.

Par un geste agile, il me repose à terre, un sourire jusqu'aux oreilles, m'embrasse avant de saisir ma main pour continuer notre promenade.

Nous arrivons à proximité des pistes quand tout bascule.

Tout se passe en quelques secondes.

Nous entendons des hurlements et tournons la tête dans un même mouvement en provenance du bruit. Un adulte à skis est en train de se relever après une chute, mais ce qui attire notre attention, c'est la petite forme qui gît à ses pieds. Des cheveux blonds dépassent du casque. Oh mon Dieu ! Faites que ce ne soit pas…

Nous nous précipitons vers le lieu de l'accident, Elliot est étendu par terre, nous rejoignons aussi vite que possible son corps inerte et inanimé dans la neige. Damien qui le suivait arrive tout schuss, freine en urgence près de nous et déchausse avant de s'agenouiller près du garçon.

Loïc fait de même, les genoux dans la neige et commence à analyser ses signes vitaux.

– Qu'est-ce qui s'est passé ? interroge-t-il.

– Un touriste lui a coupé sa trajectoire à toute allure. Le pauvre, il n'a rien pu faire, ils se sont percutés de plein fouet.

Loïc pose sa main sur son torse pour détecter un mouvement et appelle l'enfant par son prénom, mais il ne réagit pas.

– Merde, merde ! Il ne respire plus et je ne sens pas son pouls.

– Commence le massage cardiaque, j'appelle l'hélicoptère de la Rega, réplique Damien en sortant son téléphone.

Les deux hommes se relaient toutes les deux minutes environ, s'encourageant mutuellement pour tenir le coup le temps que les secours aériens arrivent sur place. Les minutes qui s'égrènent me semblent durer des heures, les compressions continuent rapides, violentes.

Reviens Elliot. Allez. Reviens.

Je parle doucement, persuadée qu'il m'entend de là où il se trouve, j'ai envie qu'il sache que nous sommes là pour lui et qu'on attend son retour avec nous.

– Encore, hurle Damien qui vient de passer le relais à Loïc.

– Elliot, allez petit, allez, dit Loïc sur le ton du désespoir.

Ils ont commencé le massage cardiaque depuis près de dix minutes et plus le temps passe, plus je crains qu'Elliot ne reprenne pas connaissance. Ce n'est pas possible, il ne peut pas mourir. Nous apercevons un mouvement, presque imperceptible. Elliot a légèrement bougé la tête, il gémit puis il ouvre enfin les yeux.

– Elliot, bonhomme, tu m'entends ? demande Loïc.

Le petit garçon pleurniche, mais ce sont les plus beaux pleurs que nous ayons entendus parce qu'ils signifient qu'il est vivant.

Les deux hommes s'écartent pour le laisser respirer, essoufflés par l'effort qu'ils viennent de fournir. Loïc s'essuie le front avec sa manche. Le bruit des pales racle l'air tandis que l'hélicoptère rouge apparaît enfin au-dessus de nous. Elliot est pris en charge par un médecin et un ambulancier qui le hissent à l'intérieur.

– Vous avez fait du bon boulot les gars. On prend le relais et on l'emmène à l'hôpital de Sion.

La tension redescend, mais nous sommes toujours sous le choc de l'accident. Je n'ai rien vu venir, mais d'un coup, Loïc, hors de lui, pousse Damien de ses deux mains, le faisant tituber.

– Toi, tu dégages, ce n'est pas parce que tu as sauvé une vie cette fois que tu es un héros.

– Je suis désolé Loïc. Tu entends ? Je suis désolé, je n'ai jamais voulu que ça arrive.

Je sais qu'à ce moment-là il ne parle pas d'Elliot. Loïc n'a pas fini de déverser ce qu'il a sur le cœur :

– Tu es un danger public, personne n'est en sécurité avec toi. Tu devrais avoir la décence d'arrêter les dégâts et de te barrer pour de bon. Tu attends quoi, qu'il y ait d'autres morts, d'autres victimes de ton incompétence ?

– Je suis désolé, répète Damien.

Il a l'air si triste. Loïc le dévisage, les traits déformés par la colère, la mâchoire serrée, le regard noir. On dirait qu'il s'apprête à lui sauter à la gorge.

– Ça suffit, on y va, je m'interpose entre les deux hommes, la main posée sur le torse de Loïc dans l'espoir de le calmer.

Damien recule, il fixe toujours Loïc, mais ne réagit pas à ses propos blessants. Il dit avant de s'éloigner :

– Je vais prévenir le père d'Elliot.

Nous redescendons en télécabine jusqu'à Grimentz, Loïc est toujours tendu, énervé, tourmenté par ses souvenirs certainement. L'accident a ravivé sa blessure, sa perte, l'injustice de voir Damien impuni par les villageois.

Moi, dans un sens, je crois que Damien se punit bien assez lui-même et que la culpabilité qui le ronge se lit sur son visage, se devine dans son mode de vie entre conquêtes effrénées, sport et alcool. Damien est loin d'être un homme heureux.

Au chalet, je prépare du thé à la cuisine, mais Loïc fait les cent pas à côté de moi, il ronge son frein, il tourbillonne comme une tempête. Il grogne en me tournant autour :

– Ce type est un vrai connard. Il n'aurait jamais dû emmener le petit sur cette piste. Il est incapable de faire son job sans provoquer des catastrophes.

– Loïc, je sais que tu es en colère. Ce n'était pas sa faute, c'était un accident.

– Ne dis pas ça…

Je continue pour le raisonner avec douceur :

– Et il a tout fait pour le sauver. Avec toi. Elliot est vivant grâce à vous deux.

Sa voix se brise.

– Mais il…

– Je sais.

Je sais ce qu'il veut dire, je sens sa douleur, je la perçois comme si elle m'appartenait aussi. Alors, je fais ce dont je suis capable pour apaiser un peu cette souffrance et je le prends dans mes bras pour le serrer fort contre mon cœur. Il enfouit son nez dans mon cou, je sens sa respiration ralentir, ses épaules et son dos se relâcher.

Sur le canapé, nous adoptons la même position, serrés l'un contre l'autre, je caresse ses cheveux pour l'apaiser, mais un bip annonçant l'arrivée d'un message sur le portable de Loïc nous fait redresser la tête. Il le sort de sa poche, déverrouille l'écran et se concentre pour lire les quelques mots qui s'affichent devant lui. Inquiète, je l'interroge :

– Qu'est-ce qui se passe ?

– C'est Damien.

J'ai peur que le message du professeur de ski ne ravive sa colère, mais Loïc pousse un soupir de soulagement.

– Elliot va mieux, il a une jambe cassée, mais il va se remettre, les médecins sont positifs.

Je dévisage Loïc, analyse les signes d'alerte, mais je crois qu'il est tellement épuisé qu'il n'a plus la force de s'énerver. Et puis, les nouvelles sont bonnes pour le petit garçon, c'est le plus important.

Nous ne tardons pas à aller nous coucher, j'ai proposé à Loïc de rester pour la nuit, et nous sombrons bientôt dans le sommeil, épuisés par les derniers événements.

Quand je me réveille le lendemain matin, Loïc est déjà parti à la boulangerie. Il m'a laissé un petit mot « je ne voulais pas te réveiller, on se retrouve plus tard » et il a dessiné un petit cœur sur le post-it, ce qui me fait sourire.

Je me lève, un peu groggy par cette nuit trop courte et quitte ma chambre dans l'espoir que le café parvienne à m'insuffler un regain de motivation et d'énergie. Mais ce que je découvre dans le couloir, dans le salon et dans la cuisine me laisse dubitative et je grimace. Il y a des bols et des récipients de différentes tailles disséminés un peu partout et une odeur peu ragoûtante qui émane des préparations blanchâtres.

Je découvre Gustave, vêtu de blanc avec un tablier et un bonnet de bain sur la tête en train de faire le tour de ses mixtures, se penchant dessus pour les observer. Sans le vouloir, je le fais sursauter quand je lui demande :

– Mais qu'est-ce que vous faites ?

– Du fromage, voyons ! J'ai commencé à réaliser mes premiers tests cette nuit.

– Et cette odeur, c'est normal ?

Il hausse les épaules.

– Ce sont souvent les fromages qui puent le plus qui sont les plus succulents, pas vrai ?

À mon tour de hausser les épaules. Puis, je désigne son bonnet en plastique.

– Vous comptiez faire trempette dans le petit-lait ?

Il montre le dessus de sa tête.

– Oh ça ? Je n'avais pas de charlotte !

– Très bien, alors amusez-vous bien.

Il retourne à ses expérimentations le plus sérieusement du monde et je quitte l'appartement pour une nouvelle journée de travail.

Dès l'ouverture, Germaine apparaît à la boulangerie. Comme à son habitude, elle nous salue d'un ton jovial et s'approche du comptoir, une pile de papier à la main.

– Il nous reste encore quelques places pour le gala, est-ce que je peux laisser des flyers pour nous faire un dernier coup de pub ?

– Bien sûr, répond Thalia qui saisit les tracts et les dispose en évidence sur les tables et près de la caisse.

Nous enchaînons la préparation de pâtisseries, de biscuits et de pains toute la matinée, mais je remarque que Loïc commence à fatiguer, il est de plus en plus tendu et de moins en moins patient, ses gestes deviennent plus secs et bruyants. Je m'approche de lui, passe ma main dans son dos tandis qu'il nettoie une énième fois le plan de travail et murmure :

– On s'occupe de faire tourner la boutique, tu pourrais aller dormir un peu.

Je le vois sourire. J'aime quand il sourit. Il passe sa main sur ma joue, doucement, très doucement, et cette tendresse me bouleverse.

– Tu as raison, je vais aller me reposer un moment. Merci.

– Merci pour quoi ?

– Merci d'être si attentive à moi.

Il m'attrape par la taille pour m'attirer à lui et m'embrasser. J'adore cette sensation, goûter à ses lèvres est aussi savoureux que de déguster un cupcake à la crème au beurre. Je l'accompagne vers le présentoir pile au moment où un client questionne Thalia sur le flyer. En excellente vendeuse, elle explique le concept du gala et l'importance de la récolte de fonds de l'association dans le but, entre autres, de reconstruire les différentes bâtisses historiques du village et de développer le lien social entre les habitants et les touristes.

Loïc en saisit un, mais je vois son expression changer et son regard devenir sombre au fur et à mesure de sa lecture. Il se tourne vers moi et profère d'un ton sec et cassant :

– Tu le savais ?

Il a l'air hors de lui.

– De quoi parles-tu ?

Il lance le flyer sur le comptoir et me montre une inscription dessus. Je le fixe, mais je ne saisis pas ce qui le met en colère.

– Je ne comprends pas.

– C'est Damien Salamin qui gère la tombola et qui offre le premier prix, une semaine de ski à toute une famille avec son école, une excellente raison de provoquer d'autres accidents, tiens. Cela signifie surtout qu'il sera présent toute la soirée.

Avant même qu'il ne continue, je sens que la situation nous échappe, je sens qu'elle dérape, je pressens la menace, elle gronde au fond de mon cœur, mais je refuse de l'écouter. Il reste immobile en face de moi, je peux presque voir les rouages de son cerveau s'emballer, se bloquer et exploser dans un fracas effrayant.

Quelque chose se casse. Dans ma tête, j'entends le bruit du cristal qui éclate au sol, les éclats qui se répandent.

L'espoir qui meurt.

Ça fait un bruit tellement triste l'amour qui s'effrite.

Il brise encore une chose. Le silence qui s'était installé entre nous.

– Je ne peux pas, je ne peux tout simplement pas voir ce type. C'est au-dessus de mes forces.

Il ne veut pas dire que…

Non, il ne peut pas nous faire ça. Mon corps se met à trembler. Il n'irait pas aussi loin. Il faut qu'il me rassure. Tout de suite.

– Loïc, qu'est-ce que tu essaies de me dire là ?

– Je suis désolé. Je laisse tomber, qu'ils se débrouillent tous avec leur putain d'hypocrisie. Et qu'ils aillent tous se faire foutre.

Il s'en va et claque la porte de la boulangerie, mais je lui cours après.

– Tu n'en as pas marre de ta rancœur ? Tu vas tout laisser tomber à cause de ta colère ? Tu vas laisser tomber l'association et Germaine, les enfants et les personnes âgées, toutes les personnes qui espèrent passer un merveilleux Noël ?

Je marque une pause.

– Tu vas me laisser tomber… moi ?

Il est abattu, je le vois, je le sens.

– Je suis désolé…

Il repart le pas lourd, les épaules voûtées, le regard sombre. À quelques jours de Noël, je ne sais pas comment nous allons pouvoir assurer la fête au village.

Et Loïc vient de me briser le cœur.

Chapitre 11

La recette pour être malheureuse

Je suis désespérée. Si le désespoir portait un nom, ce serait sans doute le mien. Malgré ma tristesse, je ne peux pas flancher, pas maintenant, il nous reste trop de travail à abattre et le fait de m'occuper a au moins le bénéfice de mettre mon cerveau et mon cœur sur pause.

À la boulangerie, je retrouve Loïc, mais je suis incapable de lui lancer un seul regard. Je lui en veux tellement.

Il tente quelques approches, mais mon comportement non verbal peu accueillant a très vite découragé ses initiatives jusqu'en fin de matinée où, n'y tenant plus, il se poste devant moi.

– Lou, parle-moi. Les considérations professionnelles ne devraient pas générer autant de tensions entre nous.

Il ne peut pas être sérieux. Si ? Je suis incapable de réfréner ma tristesse et ma colère, et explose :

– Tu plaisantes Loïc ? Il n'y a rien de professionnel dans cette histoire, tout est personnel. Ta colère et ta rancœur envers Damien, tes blessures qui t'isolent. Moi. Je me sens trahie, abandonnée. Insignifiante.

Je marque une pause puis souffle :

– Comme un fantôme à nouveau.

J'ai l'impression d'être de retour à notre point de départ. À la différence près que j'ai goûté à un autre Loïc, j'ai aperçu qui il était derrière les barrières qu'il érigeait depuis deux ans, j'ai savouré chaque minute de sa présence. Et maintenant, tout est terminé. Je n'arrive pas à lui pardonner cette trahison.

Il n'essaie pas d'argumenter davantage, retourne travailler, n'insiste plus, me laissant dans mon coin, les mains dans la pâte à cupcakes, encore plus malheureuse qu'avant.

Les jours qui restent avant le gala se comptent sur les doigts d'une main et toutes les ressources imaginables sont utilisées pour parvenir à nos fins. Lisbeth a même organisé des ateliers petits-fours au chalet et nous nous relayons tous pour réussir à préparer de quoi rendre cette fête inoubliable.

De son côté, Loïc travaille comme un fou et je me demande ce qu'il fabrique. Entre deux clients, je questionne Thalia :

– Est-ce que tu sais ce qu'il prépare ?

– Il a accepté une offre pour un apéritif de luxe, une fête privée dans un grand chalet à Grimentz. Tu te rappelles le père du petit Elliot ? Il s'était entretenu avec Loïc après l'atelier biscuits pour qu'il gère l'apéritif de sa soirée, mais Loïc avait répondu qu'il n'était malheureusement pas disponible. La situation, comme tu le sais, a changé et il a fini par accepter. Apparemment, c'est très bien payé.

– On s'en fiche un peu que ce soit bien payé, non ? Ça signifie surtout que Loïc ne sera pas là à la fête de Noël. Il ne verra pas mes amies, il ne verra pas Gustave déguisé en Père Noël ni Lisbeth qui lira un conte. Il va manquer tous ces bons moments. Et il émet définitivement le signal aux habitants qu'il n'en a pas grand-chose à faire de leurs préoccupations et qu'on ne peut pas lui faire confiance. Et malgré toute notre bonne volonté, on n'y arrivera pas. Le buffet ne sera pas à la hauteur de ce que nous leur avions promis.

– Ce n'est pas si grave, essaie de me rassurer Thalia. On a des bûches de Noël, des biscuits et des cupcakes.

– Oui, mais c'est Noël, les petits vieux, l'association, les enfants… ils méritaient tous quelque chose de féerique, tu comprends. Tout le monde s'est donné tellement de mal et cette soirée est primordiale pour l'association.

Je marque une pause avant de reprendre :

– Tu sais ce qui me rend si triste ? J'avais vraiment envie de partager ces moments avec lui. J'avais envie de lui présenter les gens que j'aime, j'avais envie de…

Ma voix se brise tandis que les mots se poursuivent dans ma tête : « j'avais envie de l'inclure dans ma vie ».

– Je sais, répond Thalia en me prenant dans ses bras.

Il me manque. Il me manque terriblement. La leçon que je tire de cette histoire est douloureuse. Aimer, c'est un peu comme la foudre. C'est beau, électrique, flamboyant, comme une décharge d'énergie qui claque dans le cœur.

Mais ça peut faire des dégâts considérables.

La journée est loin d'être terminée, mais une pensée me donne du courage pour tenir bon malgré tout. Ce soir, mes copines débarquent à Grimentz.

Gustave et Lisbeth sont aux fourneaux quand je rentre à l'appartement après ma journée à la boulangerie. Une délicieuse odeur de fromage fondu a envahi la cuisine et mon ventre grogne en signe de protestation. Je n'ai rien avalé aujourd'hui. Dès que je franchis le seuil de la cuisine, Gustave me tend un verre de vin.

– Allez vous détendre au salon, tout est prêt pour le *before* !

– Le *before* ?

– Ce n'est pas comme ça que vous dites, les jeunes ? C'est le grand « *before* fête de Noël » ce soir. Et je vous promets que ça va dépoter ! Les jeunes ne vont pas tarder à arriver et on termine de préparer des croûtes au fromage.

Il se frotte les mains joyeusement. J'hésite à lui demander s'ils ont confectionné le repas avec les mixtures qui ont bizarrement disparu des bols, mais je me ravise. Impossible qu'ils tentent de nous empoisonner ce soir.

En effet, le salon est prêt à recevoir nos invités. La table est dressée et un seau à champagne a été installé sur la commode avec une bouteille baignant dans la glace. Des petits canapés et un plateau de viande séchée et de fromages sont posés sur la table basse. Les petits vieux sont adorables.

La sonnerie de l'entrée retentit et je bondis du fauteuil pour me précipiter dans le hall. Elles sont là !

– Hiiiiii !

– Rehiiiiii !

J'ai à peine le temps d'ouvrir la porte que deux corps fondent sur moi et me sautent dessus en me couvrant de bisous.

– Je ne peux plus respirer !

– On s'en fout, hurle Célia. Tu nous as trop manqué.

– C'est une attaque d'amour, réplique Chloé en riant et en me serrant encore plus fort.

– Je suis tellement contente de vous voir, les filles ! Vous n'imaginez pas.

– Nous aussi, répliquent-elles en chœur.

Je les invite à rentrer. Célia et Chloé sont suivies par leurs copains respectifs Thibaut et Javier. Après des effusions tout aussi adorables avec les petits vieux qui sont ravis de retrouver leur voisine et leurs amis, nous nous installons au salon. Je sers le champagne tandis que Gustave débite des mots en suisse-allemand sous le regard amusé de nos invités.

– En tout cas, Lisbeth et vous n'avez pas chômé pendant votre séjour, s'amuse Célia.

Gustave dresse la liste de leurs activités en les comptant sur ses doigts :

– On a fait du ski, on a vendu du vin et du chocolat chauds, on a participé à des ateliers biscuits, j'ai fabriqué mon propre fromage…

Je ne peux m'empêcher de demander pour en avoir le cœur net :

– D'ailleurs, Gustave, rassurez-moi, mais les croûtes au fromage ne sont pas préparées avec vos premiers essais ?

Il jette un regard à Lisbeth et je m'inquiète encore plus. Ils tardent un peu trop à répondre à mon goût.

– Je ne vous cache pas que j'y ai pensé, mais, je ne sais pas exactement pourquoi, Lisbeth n'a pas voulu.

Je me tourne vers elle et articule un « merci » silencieux avant de demander à mes amis :

– Et de votre côté, tout roule à Paris ? Les affaires fleurissent ?

Célia nous fait un résumé complet :

– *Les Cupcakes de Manon* cartonnent tellement que Thibaut pense ouvrir un autre magasin et développer les activités. Manon arrive dans deux jours pour Noël, on pourra éventuellement en parler un moment en dégustant le dessert. Moi, je travaille toujours sur mon nouveau roman avec Chantal, et Chloé a une grande nouvelle à partager avec vous.

Chloé se redresse sur le canapé, lève son verre et nous annonce :

– J'ai été approchée par une chaîne de télévision pour travailler avec eux. Au vu de mes liens avec le monde de la pâtisserie et grâce au succès rencontré par mes articles sur le milieu culinaire en tant que journaliste, j'ai accepté de me lancer avec eux dans un nouveau concept d'émission. Un concept pour lequel j'ai pensé à... toi, Lou !

Je manque de m'étouffer avec le champagne et parviens à émettre un grognement qui était censé vouloir dire :

– Quoi ?

– Ton compte Instagram a pris l'ascenseur et ton capital sympathie est très puissant sur le Net. Tout le monde peut s'identifier à toi grâce à ton côté timide et attachant et tu proposes toujours des recettes accessibles. Tes dernières vidéos, notamment celle avec le boulanger, ont trouvé leur public et j'ai analysé tes *followers* et le lien que tu entretiens avec ta *fan base* avec les producteurs.

Nous sommes tous suspendus à ses lèvres, enfin surtout moi. Elle prend son temps, savourant l'attention que nous lui portons avant de continuer :

– Et donc, nous aimerions te proposer une série de cinq émissions dans lesquelles tu surprendrais tes abonnées en te rendant chez elles pour pâtisser une recette en leur compagnie. On pensait à quelque chose comme « La pâtisserie de Lou ». On réfléchit encore au titre. Qu'est-ce que tu en dis ?

Je reste bouche bée. Comme mon silence se prolonge, Gustave me donne un petit coup de coude et m'encourage :

– C'est là que vous êtes censée dire oui. OUUUIII. O-U-I. Ce n'est pas difficile, vous verrez.

– Je… D'accord, oui. Je peux le faire, enfin je crois.

– Elle a dit oui ! hurle Gustave et tout le monde répète un « oui » dans le salon.

– Champagne, lance Thibaut.

Et nous trinquons encore une fois à cette aventure qui se prépare. Je ne suis pas certaine de réaliser ce qui m'arrive, mais je prends conscience de cette nouvelle chance et de cette magnifique opportunité qui s'offre à moi.

Ce que je ne pensais pas ressentir ? Ce pincement au cœur à l'idée de retrouver Paris et de quitter Grimentz. Et donc Loïc.

Après avoir dégusté les croûtes au fromage, nous sommes tous repus et les hommes décident de rentrer à l'hôtel, nous laissant entre filles pour un dernier verre.

Lisbeth et Gustave terminent de ranger la cuisine et le salon. Ils ont refusé notre aide pour nous laisser profiter de nos retrouvailles et nous discutons en sirotant un verre d'abricotine.

– Avec tout le travail que tu as, tu ne nous as pas raconté la suite des aventures avec le boulanger sexy, questionne Chloé.

Ma mine s'assombrit et l'émotion me submerge malgré ma tentative de ravaler mes larmes.

– Oh non, bichette, qu'est-ce qui s'est passé ? demande Célia.

– L'amour, ça craint.

Je leur expose la situation, ma merveilleuse première nuit de sexe avec lui, le sapin, les ateliers pâtisserie, son rire, ses yeux, son drame, sa bienveillance, sa tendresse, mes sentiments, sa trahison, mon cœur brisé. Tout sort en vrac et dans le désordre. Elles m'écoutent attentivement, serrées contre moi. Leur présence a déjà le bénéfice d'apaiser un peu ma peine.

– Il a fait une connerie, mais il est amoureux de toi, c'est sûr, analyse Célia.

– Et puis, toi aussi tu l'aimes, c'est évident. Tu as fait l'amour avec lui. On te connaît et on sait l'importance que revêtait cette étape pour toi. Les questions qui se posent sont les suivantes : est-ce que tu peux lui pardonner ? Et est-ce que tu imagines cet homme dans ton futur ?

– Je ne sais pas pour la première. Et je n'ai pas davantage de réponse pour la seconde. D'autant plus qu'il vit à Grimentz et moi à Paris.

– Ce n'est qu'une question de distance. Je te parle de sentiments.

Je prends ma tête entre les mains et mes copines me font un câlin avant que Célia ne propose :

– Prends le temps de réfléchir. On va trouver une solution.

*

J'ai beau retourner le problème dans tous les sens, je ne trouve pas d'issues. Tout ce que je sais, c'est que le gala et donc la grande fête de Noël a lieu demain et qu'une masse de travail nous attend. J'enchaîne les cupcakes au pain d'épices, les bûches à la noix de coco, à la noisette et au chocolat et les mignardises pour la soirée.

Le soir, je prépare le dernier atelier à la boulangerie et je me demande comment j'ai pu croire à mon arrivée que je parviendrais à tout gérer. Je suis au bord de l'implosion, du burn-out pâtissier, de l'écroulement. À mon état de fatigue s'ajoute le tourbillon d'émotions provoqué par Loïc, mon cœur se serre et mon ventre me tourmente à chaque fois que je le vois. Quand je me souviens de ses caresses, de ses baisers et de ses mains parcourant mon corps, je frissonne. Il m'obsède !

Sa voix aussi me manque et son rire. Ses taquineries et notre complicité. Maintenant, il n'y a plus qu'un grand vide dans mon cœur. Un trou. Un puits qui n'a rien de magique.

Germaine arrive une heure avant l'atelier pour me parler et me confier une idée qui lui a traversé l'esprit, ce qui possède au moins le bénéfice de me sortir le boulanger de la tête et me donne un regain d'espoir et d'énergie. Elle m'expose son plan avec enthousiasme, je vérifie tout de même les inscriptions pour valider sa faisabilité et acquiesce. Après tout, c'est une excellente initiative.

Quand l'heure est venue et que tout le monde est arrivé, Germaine réunit les participants dans le laboratoire et s'exclame :

– J'ai une proposition à vous faire ! Si vous êtes partants, bien sûr, nous pourrions concocter deux bûches chacun et en faire don pour le gala. Nous aurons ainsi de quoi sustenter les convives et Lou ne devra pas travailler toute la nuit pour les réaliser. Alors, qu'est-ce que vous en dites ?

Son initiative est accueillie par un « hourra » général, ce qui ne m'étonne guère puisque les participants sont tous des membres de l'association. Heureusement, j'ai les ingrédients nécessaires pour pouvoir fabriquer des dizaines de bûches, au vu des commandes, j'avais prévu le coup. Grâce à Germaine, le dessert de demain sera assuré et je gagne quelques précieuses heures pour terminer les préparatifs de demain.

Sous la houlette de la présidente, de Lisbeth et de moi-même, nous créons trois groupes, chacun d'eux est chargé de préparer un gâteau à la saveur différente.

Gustave n'a pas résisté à ajouter des lichettes d'abricotine dans les préparations, mais j'ai jugé que le mélange avec le chocolat et la noix de coco se marierait à merveille. Je lui ai fait promettre de préciser dans quelle bûche il avait laissé sa fibre créative s'exprimer afin que les participants au gala soient au courant de la présence d'alcool dans les préparations. Tant qu'il ne tente pas une bûche de Noël au petit-lait, ça me convient.

À la fin de l'atelier, je suis fière d'eux, ils ont travaillé d'arrache-pied et ont mis tout leur cœur dans ces gâteaux. Je les remercie chaleureusement pour leur aide qui m'a été précieuse. Au moins, nous aurons un succulent dessert… à déguster après les cupcakes et les biscuits. Une vague de découragement me saisit à nouveau et j'ai peur que les convives ne fassent des crises de diabète avec le sucre qu'ils se préparent à ingurgiter pendant la fête.

Les participants quittent la boulangerie, les desserts sont au frais et prêts pour demain, je viens de terminer le ménage. J'éteins les lumières et m'apprête à quitter le labo, quand je remarque un curieux attroupement à l'extérieur. Un petit groupe d'hommes mené par Loïc fait irruption dans la boulangerie. Qu'est-ce qu'ils font ?

Je capte des bribes de conversation et comprends qu'ils vont œuvrer une partie de la nuit pour préparer, eux aussi, leur commande de Noël afin que tout soit le plus frais possible pour leur apéritif de demain soir chez le père d'Elliot.

Mon but ? Éviter Loïc. Je tente de filer le plus vite possible. Trop tard, il m'a vue et s'approche de moi. Je fais mine de ne pas l'avoir remarqué, ce qui est à peu près impossible puisqu'il se trouve à ma hauteur et fait volte-face avant d'accélérer.

– Lou, attends…

Je poursuis mon chemin, déterminée. Si je le regarde, si mes yeux trouvent ses yeux, je suis fichue, je vais craquer. Je ne me retourne pas, mais je lui lance :

– Arrête Loïc, laisse-moi. Si tu tiens à moi, laisse-moi. C'est trop dur. Je ne peux pas craquer maintenant.

– Lou…

Il a cessé d'avancer. Et moi, je file dans la nuit, les larmes aux yeux.

L'élan de solidarité de Noël n'est pas terminé et la scène que je découvre en rentrant me réchauffe le cœur. Lisbeth, Gustave et mes amies accompagnées de leurs hommes sont en pleins préparatifs. Ils ont investi le salon et la cuisine et sont tous en train de cuisiner.

– Mais qu'est-ce que vous faites ? je les questionne, ébahie.

Célia me sourit.

– On prépare des petites bouchées salées pour demain. Des cakes, des sablés au parmesan, des petits légumes et des sauces.

– On a aussi acheté du fromage et de la charcuterie ! Ne me regardez pas comme ça, je vous promets que ce n'est pas mon fromage ! réplique Gustave.

– Vous êtes tous incroyables, je ne sais pas comment vous remercier.

Célia, qui adore Noël, lance de la musique d'ambiance et nous chantons, les mains dans la farine jusqu'au bout de la nuit. Juste avant de nous mettre au lit pour nous reposer, je les embrasse et les serre dans mes bras, émue de leur soutien et de cette vague de bienveillance.

Le gala va ressembler à un buffet de campagne. Certes, ce n'est pas ce que je prévoyais, ce n'est pas ce que je leur avais promis, et même si je m'en veux terriblement, ce buffet-là aura été préparé avec le cœur et beaucoup d'amour.

Chapitre 12

Le gala de Noël

Nous y sommes. Aujourd'hui, c'est Noël ! Le jour du gala. Je me lève tôt avec un sentiment doux-amer, gagne la cuisine et y trouve mes deux petits vieux en train de déjeuner. Tous les deux sont vêtus de peignoir à fleurs et arborent des bonnets de père Noël, Gustave a même enfilé ses chaussures à grelots et les fait tinter à la moindre occasion, ce qui fait rire Lisbeth.

– On vous a préparé des tartines et du café mon petit, m'avertit la vieille dame.

Je les observe, leurs traits plissés, leurs sourires et leur air bon enfant.

– Pourquoi vous nous fixez comme ça, on a du foin entre les dents ?

Gustave frotte sa serviette contre son dentier pour retirer ce foin imaginaire et j'éclate de rire malgré mon humeur morose. Ce n'était pas comme ça que je m'étais imaginé cette journée.

– Pas du tout Gustave. Je me disais que vous étiez de vrais lutins du Père Noël tous les deux. Vous n'avez pas cessé de me soutenir depuis notre arrivée, vous êtes les plus beaux cadeaux de Noël que je n'ai jamais reçus.

Lisbeth, émue, essuie discrètement une petite larme au coin de son œil et pose sa main sur la mienne tandis que les yeux de Gustave pétillent d'une joie enfantine.

– On ne m'avait jamais traité de cadeau, c'est chouette !

J'avale en vitesse ma boisson chaude et quelques tranches de pain pour me donner de l'énergie. La journée et la soirée promettent d'être chargées.

Accompagnée de Thalia, je rejoins la salle des fêtes qui grouille déjà d'animation avec tous les membres de l'association qui terminent d'installer les grandes tables qui serviront de buffet et qui assurent la mise en place pour le repas. La décoration a été finalisée. Notre sapin brille toujours de mille feux et un imposant fauteuil rouge a été positionné juste à côté pour la venue du Père Noël. Je ne peux m'empêcher de ressentir un pincement au cœur en me rappelant la soirée où nous avons choisi l'arbre avec Loïc et la merveilleuse nuit qui a suivi.

Plus tard dans la journée, Thalia, Célia, Chloé et leurs copains m'aident à disposer les cakes salés et les plateaux de fromages aux quatre coins de la pièce quand j'entends une voix derrière nous.

– Salut la compagnie !

Nous nous tournons dans un même mouvement et apercevons une femme qui court vers nous.

– Manooon ! hurle Célia.

La pâtissière se jette dans nos bras et nous restons ainsi de longues secondes. Elles n'imaginent pas à quel point leur présence me rassérène. Nous discutons de son voyage et de la boutique puis je réalise que plusieurs questions que j'avais occultées à cause de mon emploi du temps bien chargé sont restées en suspens.

– Il faudra tout de même qu'on parle toi et moi parce qu'il y a des trucs louches dans toute cette histoire de boulangerie.

Elle fait un geste de la main comme si elle chassait l'air autour d'elle, mais je la connais si bien que je remarque son petit air coupable.

– Oh, on a le temps, on en parlera plus tard. D'ailleurs, où sont les boissons, j'ai soif !

– Tu ne m'esquiveras pas toute la soirée, tu sais.

– Hein, quoi ? Ce sont des voix de lutins que j'entends ?

En bonne fille naïve que je suis, je tourne la tête pour voir les lutins (qui n'aime pas les lutins ?) et elle en profite pour filer vers le stand des boissons.

Les convives arrivent par grappes dès la fin d'après-midi. Tandis que les plus jeunes sont invités à participer à des ateliers bricolage sur une longue table prévue à cet effet en compagnie de Lisbeth, les adultes se servent quelques verres de vin chaud, discutent gaiement et achètent des billets de tombola à Damien qui joue parfaitement son rôle d'animateur.

Le professeur de ski m'a saluée de loin et je n'ai pas réussi à identifier s'il faisait exprès de m'éviter ou non. Je n'ai pas le temps de me poser la question, mon attention est attirée par la grande entrée de Gustave déguisé en Père Noël et portant une hotte gigantesque sur son dos. Il arbore une fausse barbe qui lui arrive à la taille et fait sensation auprès des enfants qui hurlent leur joie et ne tardent pas à l'encercler.

Je fais le tour des invités, m'assurant que tout va bien, mais je dois avouer que j'ai le cœur serré de les voir grignoter des cakes et des morceaux de carottes à Noël.

Malgré tout, les invités ont le sourire et semblent passer un bon moment, ce qui apaise ma culpabilité. Je pense que le vin chaud arrangé de Gustave n'est pas étranger à cette bonne ambiance. J'espère que les petits vieux ne vont pas chanter de chansons paillardes une fois qu'ils auront terminé la marmite.

En revanche, j'ai beau courir dans tous les sens et m'occuper l'esprit au maximum, Loïc me manque. Il me manque terriblement et cette soirée n'a pas le même goût sans lui. Pour dire vrai, j'imaginais un Noël à la saveur plus douce. Je me demande s'il pense à moi, s'il regrette sa décision, s'il prend du plaisir dans son chalet de luxe, isolé des gens du village. Loin de moi.

Arrête, Lou, tu te fais du mal pour rien. Concentre-toi sur tes activités, sur tes amies, passe un bon moment !

Moi, ce qui m'intrigue, c'est de voir le petit Elliot arriver avec son père. Qu'est-ce qu'ils font là ? Sont-ils passés nous saluer avant de retourner à leur fête privée dans leur chalet ?

Le petit garçon a une jambe dans le plâtre et se déplace en chaise roulante, mais je suis heureuse de constater qu'il est aussi énergique et joyeux qu'à son habitude. Je lui fais un coucou de loin et son visage s'illumine alors qu'il me répond avec de grands gestes. Elliot a ensuite pris d'assaut Damien et je les aperçois discuter tous les trois avant que le petit ne sorte un feutre bleu et ne demande à Damien de dédicacer son plâtre, excité comme une puce. Il a l'air de se remettre plutôt bien du choc, ce qui me soulage, la catastrophe a été évitée de justesse. Mais leur présence se prolonge, ce que je trouve de plus en plus curieux. Apparemment, je suis loin d'être au bout de mes surprises.

De l'agitation à l'entrée de la salle des fêtes me tire de mon observation. Pourtant, la scène devenait de plus en plus intéressante parce que Damien était en train de gribouiller avec application un bonhomme de neige sur le plâtre d'Elliot. Le bonhomme de neige ressemble plutôt à un bouddha avec un nez allongé, mais Elliot semble ravi et c'est le plus important.

La question qui me taraude et qui devance dorénavant ma préoccupation concernant le bouddha bleu est la suivante : peut-on être sujet à des mirages en plein hiver et en altitude ? Ou suis-je frappée par ce qu'on appelle ici « le mal aigu des montagnes » ?

Si je m'interroge, c'est parce que je viens de voir Loïc franchir la porte. Je cligne des yeux. Loïc est toujours là. Je n'arrive pas à y croire. Accompagné des hommes que j'ai aperçus hier à la boulangerie, dix hommes habillés en serveur, il est en train d'amener des plateaux de mignardises qu'il dispose sur les grandes tables de la salle des fêtes. Et Damien se joint à eux pour leur donner un coup de main.

Je n'y comprends rien, mais si ce sont les effets secondaires du vin chaud de Gustave dont j'ai bu plusieurs gorgées, je veux bien la recette. Elliot s'est approché de moi sans que je m'en aperçoive et je sursaute quand il paille gaiement :

– Je voulais être avec mes deux sauveurs pour Noël ! C'est ce que j'ai demandé comme cadeau et mon souhait a été exaucé. Je suis trop content ! Tu crois au Père Noël, toi ?

Je murmure en lui souriant :

– Oh oui, j'y crois. Et encore plus aujourd'hui et c'est grâce à toi.

– À moi ? Tu crois que je pourrais être Père Noël plus tard ?

– Bien sûr ! Tu pourrais aller demander au Père Noël quelle formation il a suivie pour le devenir. Qu'est-ce que tu en dis ?

Avec un nouveau hurlement de joie, il appelle son papa pour qu'il le pousse jusqu'à Gustave. Le petit garçon ne doit pas se rendre compte à quel point il vient de réaliser un vrai miracle.

Loïc s'active toujours, efficace comme à son habitude, il donne des ordres autour de lui pour que l'apéritif dînatoire soit installé le plus rapidement possible. Une fois sa mission effectuée, je le vois parcourir la salle des yeux et quand son regard s'arrête sur moi, je frissonne. Il me fixe, l'air sérieux et déterminé. Maintenant qu'il m'a repérée, il fonce droit sur moi et je repense à hier soir et au moment où il a tenté de me parler. Arrivé à ma hauteur, il dit :

– S'il te plaît, ne bouge pas, ne fuis pas et écoute-moi jusqu'au bout.

Je reste immobile, mes sens en alerte, le cœur battant à tout rompre. S'il continue d'accélérer, il risque de dérailler. Qu'est-ce que ça fait, un cœur qui déraille ?

– Damien est venu me voir avec le père d'Elliot. Comme il voulait nous remercier d'avoir sauvé son fils, il était prêt à faire un geste, un geste conséquent, et c'est là que Damien a eu une idée. Il a proposé au père d'Elliot de renoncer à son apéritif de luxe dans son chalet afin que nous soyons tous réunis le soir du 24 décembre. Elliot a aussi beaucoup insisté auprès de lui pour passer Noël avec ses deux anges gardiens alors son père a payé des extras pour m'aider à tout finaliser la nuit dernière et… nous voilà. Me voilà… je ne pouvais pas refuser.

Il avale sa salive, inspire et laisse s'écouler quelques secondes comme s'il en avait besoin pour se concentrer et son regard rivé au mien devient encore plus intense.

– Je ne pouvais pas refuser parce que… c'était une belle idée. Et je n'imaginais pas fêter Noël sans toi Lou. Ce n'était pas envisageable. Tu es arrivée à Grimentz et tu as… tu as tout bouleversé. Tu as changé mon monde. Et petit à petit, tu m'as appris à aimer les cupcakes et, crois-moi, ce n'était pas gagné.

Il émet un petit rire.

– En fait, tu m'as appris à t'aimer, toi.

Je ne bouge toujours pas, j'essaie d'intégrer tout ce qu'il vient de me dire. Comme je ne réagis pas, Loïc qui semble mal à l'aise devant mon silence poursuit :

– J'ai préparé toutes les mignardises salées que nous avions évoquées ensemble pour le buffet.

Je regarde autour de moi, les sandwichs délicats, le pain frais, les feuilletés, les canapés, les tuiles au parmesan et les roulés au lard d'Anniviers. Tout a l'air délicieux.

– C'est incroyable. Tu es incroyable. Je… je ne parle pas uniquement du buffet.

Mon compliment semble le toucher et je décèle une lueur d'interrogation dans ses prunelles, comme s'il attendait la permission de me toucher ou du moins un signe plus évident de ma part. J'avance alors d'un pas pour réduire la distance entre nous. Il sourit. Je sens encore son sourire quand je frôle ses lèvres et que je l'embrasse puis quand je murmure contre sa bouche :

– Tu n'imagines pas à quel point tu as changé ma vie, Loïc.

Nous savourons cet instant, serrés l'un contre l'autre, mais quelques questions nécessitent encore des réponses et je lui demande :

– Et avec Damien ?

Il soupire :

– C'est compliqué, mais nous avons eu une discussion. Il s'est excusé, on a parlé de ce qu'il s'est passé il y a deux ans, je sais maintenant à quel point il regrette. On ne peut pas changer ce qui s'est passé, mais je crois qu'il a grandi. Il est en train de régler son problème avec l'alcool. C'est un début. Et puis le fait qu'il ait sauvé la vie d'Elliot lui redonne quelques bons points.

– Tant mieux.

Célia, Thibaut et Manon nous rejoignent et nous amènent des flûtes de champagne qu'ils nous tendent.

– Vous êtes trop chou tous les deux, s'exclame Manon. Mon plan initial a fonctionné au-delà de mes espérances.

Nous y voilà.

– Tu vas enfin me dire la vérité ?

Elle rit et avale une gorgée de vin avant de se mettre à table, il était temps :

– Ce n'est pas Loïc qui a sollicité mon aide. En fait, c'est Thalia et Germaine qui m'ont contactée pour que j'intervienne et que je sorte mon ami de la déprime.

– Je n'étais pas déprimé ! se défend Loïc.

– Si tu le dis ! Quoi qu'il en soit, on a décidé d'envoyer Lou sur place dans le but de soutenir Loïc et d'amener un peu de nouveauté à cette boulangerie. Un nouvel objectif, c'est motivant ! Et on sous-estime toujours l'efficacité d'un grand cœur pour guérir les blessures. Bref, Germaine a trouvé un chalet à mettre à ta disposition et le plan était lancé.

Bon, Loïc a refusé ma proposition, mais je t'ai fait croire qu'il avait accepté de lancer une gamme de pâtisseries parce que les finances de la boulangerie n'étaient pas au beau fixe. J'étais certaine que tu parviendrais à le convaincre une fois sur place…

Toutes les pièces du puzzle se mettent en place dans ma tête, mais je sens qu'il se trame quelque chose d'autre et qu'elle ne nous a pas encore tout révélé. À voir leurs têtes à tous les trois, je me méfie.

– Pourquoi vous nous regardez comme ça ? Qu'est-ce que vous mijotez tous les trois ? Vous comptez m'envoyer au pôle Nord pour la prochaine mission de sauvetage ?

Manon éclate de rire et se lance dans d'autres explications :

– Mais ce n'est pas tout ! Nous sommes en discussion depuis plusieurs semaines pour développer l'entreprise et Thibaut souhaite investir dans un nouveau point de vente à Paris. Une boulangerie-pâtisserie avec un coin tea-room et je voulais lui présenter une personne compétente qui serait à même de gérer cette nouvelle boutique.

Mon regard passe de Loïc à Thibaut et à Manon puis s'arrête à nouveau sur Loïc. Thibaut prend alors la parole et continue sur un ton aussi professionnel que convaincant :

– Manon n'a pas tari d'éloges sur vous, Loïc, alors nous aimerions vous proposer la gestion de ce projet et l'organisation de son implémentation. Le tout est de savoir si l'hypothèse de remettre votre boulangerie à Grimentz à plus ou moins court terme est envisageable pour vous. Et évidemment, si l'idée vous séduit. Nous vous laissons quelques jours pour étudier le business plan et revenir vers nous avec votre décision, ne vous inquiétez pas.

Je n'en crois pas mes oreilles. Me voilà qui dévisage mes amis puis Loïc, suspendue aux lèvres de l'homme dont je suis tombée amoureuse. Il semble surpris, ce qui est tout à fait compréhensible. De mon côté, je sens mon cœur s'emballer en attendant sa réponse.

– C'est une question qui mérite réflexion. Mais je ne suis pas fermé à votre proposition et à l'opportunité qu'elle représente. Je vous remercie tous les deux d'avoir pensé à moi, je suis flatté. Disons qu'il y a une inconnue à laquelle je dois trouver une réponse.

Il tourne la tête vers moi, et je lève un sourcil.

– Est-ce que c'est moi l'inconnue ?

– On vous laisse en discuter entre vous ! lance Manon. On va goûter à toutes les mignardises du buffet.

Seule avec Loïc, j'ai envie de lui poser des dizaines de questions pour évoquer cet éventuel changement de vie :

– Qu'est-ce que tu en dis ? Et pour ta boulangerie ?

– Je pourrais proposer à Thalia de la reprendre. Elle a du talent, c'est une excellente gestionnaire et elle connaît le métier sur le bout des doigts. Sans compter qu'elle a un potentiel énorme. Elle pourrait embaucher un boulanger de la vallée et assurer la pérennité de l'entreprise.

– Tu viendrais à Paris ? Avec les gens qui râlent, le bruit, les pigeons, le métro ?

Il me fait un sourire en coin.

– Ces désagréments sont secondaires. J'ai compris que ce n'est pas seulement l'air pur, la montagne, le calme qui m'insufflent de la vie. Mon oxygène, c'est toi. Mon futur, c'est toi. On fait une bonne équipe toi et moi, non ?

– Une équipe sucrée-salée ?

Il acquiesce avant de m'embrasser et je profite de son baiser avant de jeter un coup d'œil autour de moi. Gustave joue toujours au Père Noël en riant aux éclats avec les enfants, Thalia essaie d'apprendre à Lisbeth et à Germaine les paroles de *All I Want for Christmas Is You*, paroles qu'elles écorchent en pouffant, Damien a lancé une campagne de coloriage sur le plâtre d'Elliot qui a l'air aux anges et mes amies sont en train de goûter au vin chaud agrémenté d'abricotine. Je crois qu'elles en sont déjà à leur troisième verre et je les entends entonner le plus discrètement possible la chanson paillarde des petits vieux.

Quant à moi, je savoure cette fête de Noël qui s'est déroulée, finalement, comme dans mes rêves les plus fous.

FIN (faim)

Recette de cookies au chocolat et à la noix de coco « à l'arrache »

Ingrédients :
200 g de chocolat noir
Environ 80 g de beurre
De la noix de coco râpée
Un peu de farine blanche
1 cc de poudre à lever
1 pincée de sel
Un peu de sucre roux
Une lichette de lait
100 g de chocolat blanc coupé en morceaux

Voilà une recette de cookies que j'ai préparés parce que… j'avais envie de faire des biscuits. Le problème, c'est que je n'avais pas fait les courses. J'ai donc fait mon possible avec ce qui me restait dans mes placards.

Le pompon ? Ma balance n'avait plus de pile ! J'ai donc décidé de faire un petit mélange avec mes restes… à l'arrache.

J'ai fait fondre à feu très doux les deux plaques de chocolat noir avec le beurre. Une fois le mélange fondu, je l'ai versé dans un grand bol puis j'ai ajouté de la noix de coco râpée et un peu de sucre. J'ai mélangé le tout puis ajouté un peu de farine avec de la poudre à lever et du lait pour obtenir une pâte assez épaisse. Le résultat doit être plus dense qu'une pâte à gâteau. Ajoutez plus de farine si la pâte vous semble trop liquide.

Découpez la plaque de chocolat blanc en petits morceaux et ajoutez-les à la pâte. Faites des boules en roulant de la pâte entre vos paumes, disposez-les sur une grande plaque de cuisson recouverte de papier sulfurisé. Écrasez les boules et formez de jolis ronds !

Enfournez-les dans un four préchauffé à 200 °C et laissez cuire dix minutes.

Les cookies ne semblent pas suffisamment cuits, mais c'est un leurre ! Laissez-les refroidir et vous verrez qu'ils vont durcir.

Régalez-vous !

Pour les conserver, vous pouvez les déposer dans une boîte en fer.

Sablés à l'orange et à la confiture d'abricots

Ingrédients :
Pâte
250g de beurre
350g de farine
2cc de poudre à lever
120g de sucre
1 sachet de sucre vanillé
1 zeste d'orange râpé
1 zeste de citron

Fourrage
200g de confiture d'abricots
1 cs de jus d'orange

Glaçage
150g de sucre en poudre
Environ 4 cs de jus d'orange

Pour commencer, mélangez la farine et la poudre à lever et tamisez-les puis ajouter le beurre et malaxez en forme de couronne. Ajoutez les autres ingrédients de la pâte et pétrir le tout avant d'envelopper la masse dans un film transparent. Mettez la pâte au frigo pendant une heure.

Abaissez la pâte (environ 2 ou 3 mm d'épaisseur) et utilisez les emporte-pièces souhaités !

Préchauffez votre four à 200° (180 pour la chaleur tournante) et cuir environ 8 minutes.

Une fois refroidis, prenez deux biscuits et collez-les avec la confiture puis badigeonnez avec le glaçage… et régalez-vous !

Muffins aux Spéculoos

Ingrédients :
Pour environ 9 muffins
250g de farine
3 œufs
80g de sucre
200g de compote (pommes, poires ou bananes)
1 sachet de poudre à lever
9 cs de pâte à tartiner aux Spéculoos
5 biscuits Spéculoos

Formez neuf boules de pâtes à tartiner sur du papier sulfurisé et placez-les une heure au congélateur.

Fouettez le sucre et les œufs puis ajoutez la compote, mélangez.

Versez la farine, la poudre à lever et une pincé de sel dans le bol.

Beurrez vos moules et versez-y la moitié de la pâte et insérez la pâte à tartiner congelée au milieu avant de la recouvrir du reste de la préparation.

Écrasez les biscuits et parsemez-en vos muffins avant d'enfourner pour 25 à 30 minutes dans le four préchauffé à 180°.

Les muffins sont bons (et sains avec la compote) mais je tenterai la recette en y ajoutant un peu de lait la prochaine fois !

Et comme je n'ai pas trouvé de pâte à tartiner aux Spéculoos dans mon magasin… je l'ai fabriquée moi-même en suivant la recette suivante :

Écrasez 25 biscuits Spéculoos

Faites chauffer 20 cl de lait à feu doux, ajoutez-y une cuillère à soupe de miel et une cuillère à café de cannelle. Ajoutez les biscuits concassés et mélangez puis ajoutez 50 gr de beurre.

J'ai trouvé le résultat un peu compact donc je vous conseille de mettre un peu moins de biscuits ou un peu plus de liquide (j'ai fait ma « Lou » sur ce coup-là mais les muffins étaient très bons malgré tout. J'aurais aimé que le cœur soit plus coulant).

Remerciements

Écrire une romance de Noël est toujours un vrai plaisir pour moi ! L'ambiance des fêtes, les guirlandes lumineuses, l'effervescence, la bienveillance, le temps passé avec les gens qu'on aime sont des ingrédients essentiels pour créer une belle histoire d'amour et d'amitié. Les fêtes de fin d'année se prêtent particulièrement au mélange de tous ces éléments. Sans oublier les pâtisseries et les biscuits, bien sûr !

Merci à vous de plonger dans mes romans avec enthousiasme, merci pour vos adorables mots que je savoure comme de délicieux cupcakes. Vous apportez de la douceur à ma vie de romancière et je vous en remercie infiniment.

Merci aussi à mes éditrices de chez Kobo et Prisma qui me proposent de magnifiques projets et qui me soutiennent à coups de gentils mails (et parfois de mojitos).

Merci à mes proches, à ma famille et à mes amies de m'aider à croire et à réaliser mes rêves les plus fous.

Une montagne de chocolat pour Lou

Merci à mes personnages, à Lou, Loïc, Gustave et Lisbeth et tous les autres de m'avoir fait l'honneur de partager une nouvelle aventure avec moi. J'adore cette troupe de foufous !

Je vous souhaite de merveilleuses fêtes de fin d'année, que celles-ci soient douces et remplies d'amour.

Et puis, le cœur vous en dit, n'hésitez pas à m'écrire pour me parler de vos lectures de Noël ou de vos recettes de biscuits préférés :

cali.keys@hotmail.com

Cali

Sous la direction de : Ambre Rouvière
Assistante éditoriale : Emma Guillaume
Correction : Nord Compo Multimédia
Composition : Nord Compo Multimédia
Conception graphique de la couverture : Nord Compo Multimédia
Illustration de couverture : © Amélie Laffaiteur

Depuis 2009, Prisma Media met en place une politique d'achat écoresponsable. Ainsi, près de 100 % du papier de nos magazines est certifié PEFC (gestion durable des forêts). La fabrication des livres des Éditions Prisma s'inscrit également dans cette démarche.

Dépôt légal : octobre 2023 – n° 103 073
Achevé d'imprimer en France par : Imprimerie FLOCH